私の妻と、沖田君
申し遅れました。

僕は新選組一番隊隊長、沖田総司——

妻より彼のほうが先に私の気配に気づき、振り向くと笑顔を見せた。

それは天真爛漫、純真無垢な子供が見せるような、曇り一つない笑顔だった。

「お邪魔しております」

「あら、貴方。お帰りなさい。こちら、沖田さん」

斉藤 一
さいとう はじめ
新撰組中でも指折りの剣客。仲間想いで敵には容赦しない。
沖田 総司
おきた そうじ
ごはんの匂いに誘われて我が家にやってきた必殺の剣豪。
土方 歳三
ひじかた としぞう
掟に厳しい新選組「鬼の副長」。やると決めたらやり抜く漢。

私の妻
料理上手だが
空気は読まな
い。沖田君との
関係は……？

姪の芽衣子
めいこ
おたく気質のいまど
き女子高生。やはり
空気は読まない。

もう一人の沖田君が目を覚ます――?!
ただ、私は直感的に飛びずさった。
結果、それが幸いして、沖田君の抜刀の間合いから外れることが出来た。
沖田君の抜いた白刃が露含むような
凄惨な美しさで私に迫る。
沖田君の目は獣の目だった。

私の妻と、沖田君

九藤朋

Illust.しきみ

【もくじ】

My wife and Souji Okita● Contents

初顔合わせ

仕事から帰宅して、居間の向こうを見ると、妻と見知らぬ若者が座っている。

紫と橙と桃色と。

暮色が美しい春の黄昏。

妻と談笑している若者は、風変わりな恰好をしている。

妻より彼のほうが先に私の気配に気づき、振り向くと笑顔を見せた。それは天真爛漫、純真無垢な子供が見せるような、曇り一つない笑顔だった。


「お邪魔しております」

「あら、貴方。お帰りなさい。こちら、沖田さん」

「沖田？」

「申し遅れました。僕は新撰組副長助勤筆頭、一番隊隊長・沖田総司藤原房良で、法名が賢光院……」

「待て、待て待て待てちょっと待て」

「はい」

成程、言われてみれば、私の要望の通り素直に待つ姿勢に入った彼は、あの有名な浅葱色と白のだんだら羽織を着ている。所謂、よく知られた新撰組の隊服である。そしてまた、沖田君（自称）のかんばせは、何と言うか、同性として癪に障る程、造作の整った白皙の美形であった。にこやかな沖田君（自称）の笑みに、私は何だか不意に脱力してしまい、ソファーに座り込んだ。チョコレート色の布地が私の重力を受けて凹む。沖田君らしき若者がふわふわして私の前に回り込んだ。何でもこのあたりを漂っていたら良い匂いがして吸い寄せられたのだと言う。今晩の夕食は金目鯛の煮つけだと妻が言っていた。もし仮に、いや、もう認めるしかあるまい。

沖田君はしかし、飲食は出来まい。

私がそう言うと、沖田君と妻はにっこりと共犯者の笑みを浮かべた。

金目鯛

私たち夫婦の間に子供はいない。それを寂しいと思ったこともない。明るく朗らかな妻は私の宝だ。その宝に接近しようという男は、例え幽霊であっても、非常なイケメンであっても（いや、非常なイケメンだからか）、私としては断固として許す積りはない。

だがしかし。風呂上がりに沖田君とビールを注ぎ合っている状態の私がいる。

「お、と、とととと、」

「や、どうもどうも」

どういうことだ、これは。

妻と沖田君が言うには、沖田君の食い意地、もとい、食への欲求は相当なもので、霊体であったとしても飲食を可能にせしめる程なのだそうな。

それで私は今、湯上がりほかほかの状態で、沖田君と注しつ注されつしているという次第だ。

薄茶色のテーブルには四人分の椅子がある。私が部下たちを連れてきた時の為に、椅子は常備してあるのだ。妻は急に部下を自宅に招いてもにこにこ。沖田君にもにこにこ。

良く出来た妻であると思うと同時に、少し愛想が良過ぎはしまいかと、嫉妬混じりに私は思う。男とは勝手な生き物である。

金目鯛は今が旬なようで、身がほっこりとして、醤油やみりんも程良く効き、薄く切った生姜がまたぴりりとして、生臭さを消す役割を果たす。

日本酒でも良かったかもと思いつつ、沖田君を見ると、満足そうに金目鯛をつつきながらビールを呷っている。

箸遣いの所作は綺麗で、良い飲みっぷりだ。……白い髭になっているのも愛嬌か。私がそれを指摘すべきかどうか、右手人差し指を上げ下げしていると、沖田君は気付いたようで、恥ずかしそうに口元を拭った。何だ、可愛いじゃないか。

「君はビールを生前、嗜んだことがあるのかね」

「いいえ、まさか。そんなハイカラな物は」

「どうだね、ビールの味は」

「大変、結構です」

そう言って沖田君はにっこり笑った。

私は春の逢魔ヶ時、この笑顔に釣られて彼を引き入れてしまったのかもしれない。

ともあれ、今は金目鯛である。

眼球の下の頬肉を抉り取り、食べると、何ともふくよかな味がした。

君は誰

春は曙と言うが、休日の昼下がりの、安閑とした心地も捨て難い。

私は沖田君と縁側に並んで、三色団子を食べつつ茶を飲んでいる。妻は台所で今晩の夕食の用意をしている。良い刺身があったから、今晩は飛び魚の刺身と筑前煮、それからじゃがいもとえのきの味噌汁だそうだ。純米吟醸とさぞ合うだろうと、私は今から楽しみだ。

左党ではあるものの、私は甘い物も好きで、三色団子の、上から緑、白、ピンクと並んだ物を味わいながら食べている。漉し餡である。ちなみに私は粒餡派で、妻は漉し餡派だ。このあたり、我ら夫婦の力関係が如実に表われている。


庭にはささやかな桜の樹が一本あり、今を盛りと華やいでいる。ちらほらと、散り急ぐ様もまた一興。

思えば今、私の隣に座る沖田君も、散り急いだ憂国の士であったのだとしみじみ思ってしまう。

憂国の士は現在、緑の団子に齧りつき、にょーんと餅を伸ばしているが。

それを咀嚼し、茶を飲んだ彼は、どことも定まらない視線で宙を見ている。彼には桜より感じるところのある過去を見ているのかもしれない。

少し色の薄い茶色の瞳が、茫と何を見ているのか気になり、私は声を掛けた。彼に戻ってきて欲しかったのかもしれない。春は人を寂しくもさせる。

「昔も花見をしたかね」

沖田君ははっとしたように私を見て、それから曖昧に頷いた。

「したんでしょうねえ、多分。もうよく憶えていません。僕は物心ついてから、剣の道に邁進したから」

そう言えば新撰組の沖田総司と言えば、泣く子も黙る剣豪だった。

「僕が崇敬した平山行蔵先生は、蝦夷地北海道海防を唱えた方で、『それ剣術とは、敵を殺伐する事也』と言った方でして」

「ほう」

ピンク色の団子を食べる。美味い。

「その影響か僕も太刀筋が荒っぽくて、短気なもので、『敵を刀で斬るな、体で斬れ』が口癖でした」

「……今の君からはちょっと想像出来ないな」

私の目には、沖田君は温厚で物腰柔らかな草食系男子に見える。しかし草食系が幕末の世を、刀を頼りに駆け抜けたとは思えない。人は見かけに寄らない。

沖田君はまたも、物思いに耽るようにぼんやりとした。

いかんな。

これでは泣く子も黙る新撰組一番隊隊長の名が廃るではないか。

私は自らのことでもないのに躍起になり、彼に往時の話を振った。


「沖田君と言えばあれだな、菊一文字則宗！」


沖田総司の愛刀として有名だ。それぐらいは私でも知っている。

団子が消えた串を刀に見立てて行儀悪く振り回す私に、沖田君は小首を傾げた。傾いだ頭に桜のひとひら、ふたひらが舞い降りて、これが非常に絵になる。

「いえ、僕の刀は違いますよ」

「へ？」

「僕が佩刀していたのは、加賀国金沢在住の刀工・藤原清光の作です。菊一文字なんかは、専ら神社への奉納用ですよ」

「え、じゃあ、近藤勇の長曽彌虎徹は」

「よく出来た偽物」

「土方歳三の和泉守兼定は……」

「うーん。そこまではちょっと。土方さんが大事にしてたのは確かですけどね。ただ、僕の刀の在り処は解っていないんです。どこにあるんだろうなあ……」

沖田君はのんびりした口調で言った。

自分の愛刀のことでも、時代を経ると解らないことはあるのだ。私は何だかしゅんとしてしまった。

その時、一陣の強い風が吹いた。桜花が一斉に散るかという勢いのある風だった。


風の合間に、私は確かに聴いた。

「沖田総司は愚かだった……」


そう、沖田君が言うのを。背筋をひやりとしたものに触れられた気がした。

沖田君。

君は沖田君ではないのかい。

沖田総司を愚かだったという、君は一体誰なんだい。

桜と風に乱された髪を直した沖田君が、私に向かってにっこりと笑んだ。

どこかうすら寒い、現ならぬ気配のする笑みだった。

魔性の笑みだった。

クッキーと氷塊

仕事から帰ると、またもや沖田君と妻が並んで縁側に座っている。話が弾んでいるらしい。内裏雛のようで、私の心中、穏やかならざるところもあるのだが。何と言うか二人の後ろ姿は老夫婦のようでもあり姉と弟のようでもあり。要するに、色気がないのだ。だから私も許容の範疇にその光景を置くことが出来る。

「貴方、お帰りなさい」

「お帰りなさい」

「ただいま」

珍しく妻のほうが先に私に気付いた。そして、さて、と立ち上がる。夕食の支度に取り掛かるのだろう。縁側にはチョコチップクッキーと色鮮やかなアイシングの掛かったクッキーが乗った皿が置かれている。沖田君の横にはティーカップ。香りからしてダージリンだろう。妻が私の分の紅茶も持ってきてくれた。わざわざ淹れ直してくれたのだ。いじらしい。妻のこうしたところに私はじいんとくる。

日が暮れようとしている時間帯、沖田君の白皙の美貌は一種の凄味があり、私はアイシングクッキーを齧りながら新時代を見ることなく逝った若者の胸中に思いを馳せる。KISS MEと書かれたハート型のクッキーは丁度良い甘さで紅茶ともよく合う。妻手作りであろうクッキーに、書かれた文字についてはとやかく考えまい。つまりはお洒落なのだろう。決して沖田君にそういう感情を持っているとかではなく。だってほら、二人の間にはムード皆無だから。

沖田君は慶応四（１８６８）年、五月三十日に亡くなっている。江戸が東京と改称されたのは慶応四年七月十七日。そして慶応四年が明治元年と改元されたのは、九月八日のこと。幕末を、剣を頼みに駆けた剣豪は、東京の名称や明治を知ることなく病で世を去った。時に数え年二十七のことである。

沖田君と出逢ってから私も色々と調べてみたのだ。

無念だっただろうか。無念だっただろうな。今の私より若くして命を散らせたのだから。

しみじみ、思いながらダージリンを飲む。濃さも温度も丁度良い。流石、我が妻。

今度はSAY YESと描かれたアイシングクッキーを手に取る。……もうちょっと無難な文字はなかったのか、妻よ。アイシングクッキーの存在感が強過ぎてチョコチップクッキーが負けている。やや哀れである。

「新撰組は佐幕派だろう。西洋の菓子に抵抗などはないのかね」

それを言えばビールもなのだが。沖田君に尋ねてみる。

「はあ。『正義好き』と『西洋好き』という言葉がありまして」

「ふむふむ」

「有体に言えば『正義好き』は攘夷派、『西洋好き』は開国派を指すんです。近藤さんが幕府御典医頭・松本良順先生を訪ねて、西洋文化の教えを乞うたんです。松本先生は長崎で蘭学を学んだ方で、感化された近藤さんは攘夷派から開国派になりました。水戸学尊王敬幕の感化を受けた伊東さんは正義好きでしたね」

西洋文化の教えを乞うあたり、近藤勇は割と柔軟な思考の持ち主だったのだろうか。

伊藤さんって？

「伊藤さんって誰？」

「伊東甲子太郎さんですよ」

幾らか物憂げに沖田君が言う。伊東甲子太郎。近藤勇と手を組みながら途中で袂を別った、くらいのぼんやりした認識しかない。そうか。近藤勇もSAY YESとか書かれたクッキーを食べちゃったりしたかもしれないのか。何だか妙に親近感が湧く。台所から胡麻油の匂いが漂ってくる。今日は中華なのだろうか。些か、ダージリンの香りと喧嘩している。

私は薄暮の中の青年剣士の顔を眺める。

沖田総司は愚かだったと言った青年を。

あれはどういう意味だったのだと問いたくて、けれどそれが出来ない私がいる。触れてはいけないものがあるように。
沖田君の中には大きな氷塊があると感じる。

昼前の缶ビール

妻が物干しスタンドを庭に出そうとするので、代わりに私がやってやる。風で倒れたりしないように、スタンドの足、四か所に重石として煉瓦を置く。日光が強く、汗ばむくらいの陽気だ。これなら洗濯物も早く乾くだろう。

桜の花がいよいよ最後の艶姿となってきた。懸命に咲いて散りゆく。その刹那の美しさ。私はふと、沖田君を思い出した。

するとその私の思念に呼ばれたものか、沖田君が縁側にひょっこり座って私たちを見ている。その眼差しは何と言うのだろう、身内のさりげない動向を見守る温かな光があった。過去の回想にでも浸っているのだろうか。しかし幕末に物干しスタンドは無かっただろう。

つらつらと私が考えつつ、沖田君の隣に座り、やあと言うと、彼も会釈を返した。

「かねてから疑問だったんだが、君は普段はどこにいるんだい？」

「菩提寺である専称寺にいたり、まあ、この千駄ヶ谷近辺をふらふらと。専称寺が六本木ヒルズに近いので、そこで時間を潰したりしますよ。でも賑やか過ぎて、僕にはちょっと」

「他の人にも君は見えるのか？」

「いいえ。普通は見えません」

ではなぜ私や妻には見える。私の疑問は表情に出ていた筈だが、沖田君はそっと微笑しただけで答えようとはしなかった。


「貴方。今日のお昼は貴方が作ってくださいな」

「はいはい。何をご所望ですか、奥様」

「そんなに言う程、レパートリーないでしょ。葱とウィンナーのチャーハンで良いわ」

「畏まりました」

妻はにかっと悪戯っ子のように笑うと、冷蔵庫から缶ビールを二缶取ってきて、内、一缶を沖田君に渡した。

「おいおい、まだ昼前だぞ」

「その背徳感が良いんじゃない。いけない感じが。ね、沖田さん」

いけない感じとか言わないでくれよ。邪推しちゃうだろ。

沖田君は答えなかったが、嬉しそうに破顔し、プルタブを引いた。あ、仕組みは解るんだ。

「ねえ、沖田さんは着てみたい服とかないの？　好きだった子とかは？」


脈絡なく直球だな、妻よ。

「別段、洋装に興味はありません。好きな娘は……。新撰組屯所が西本願寺に移ってから、近藤さんたちのように休息所、ええと、別宅と言いますか、そこで一時期、共に暮らした娘がいました」

「へーえ」


へーえと私も背中で思いながらトントントンと葱を刻む。ウィンナーは台所用の鋏で切る。こうすると汚れ物が少なくて済むのだ。

冷やご飯を温めて、中華鍋に胡麻油を敷く。

風味づけ程度にニンニクの小さな欠片を入れ、葱を炒めてからウィンナーを入れる。最後にご飯を入れて、とにかく炒める。水分を飛ばすのだ。

今は料理に集中している為、妻と沖田君の会話は耳に入らない。炒める音が大きいこともある。

あらかた、米の水分が飛んだ頃、私はちらりと後ろを振り返った。

妻と沖田君が一杯やっている。既にほろ酔い加減のようだ。沖田君が好きになった子とはどんな娘さんだったのだろう。俄然、好奇心が湧く。

今の沖田君は、至極まっとうな青年らしく笑っている。いつもそうだと良いのにな、と思う。

チャーハンが出来上がった旨、告げると、二人はいそいそと台所にやって来た。妻が私にも缶ビールを出してくれる。

あとで妻から、沖田君は好きだった娘と最後まで添い遂げることは出来なかったらしいと教えられ、私はしんみりしてしまった。

彼がどんな縁で私たちの元に来たのか解らない。

しかし沖田君には明るく笑っていて欲しいものだと私はそう思った。

姉

妻が横の布団から私を呼ぶ。私は寝酒の薔薇酒を飲みながら（妻の手製だ）、漫画雑誌のページをめくっていた。所謂、そういうお誘いかと思いきや、妻は真剣な顔で甘い空気の欠片もない。

「だからね、私、思うのよ」

何が「だから」に掛かっているのか、皆目、見当がつかないが、これが我が妻だ。私ももう慣れたものでのんびり応じる。和紙が貼られたフロアライトが安らぎの空間を演出している。

「何をだい？」

「沖田さんに、お見合いを勧めてはどうかしら」

「…………」

「ね？　今は彼も独身だし、そうすれば寂しくもないと思うの。時々、沖田さんから感じる翳りは、彼の孤独から来ていると思うのよ」

「待て、待ちなさい。一旦、落ち着こう」

「あら、私は落ち着いてるわよ？」

そう、狼狽しているのは誰あろう、この私自身だ。

「例え彼が独身で寂しい身の上だとしても……幽霊だぞ？」

妻は口を「あ」の形にして右手を前に遣った。ああ、そそっかしい我が愛妻よ。計画が頓挫し、深い溜息を吐く妻を見て、やれやれと私は思った。

翌日の夕方、いつものように縁側に座る沖田君の隣に、私は妻と入れ替わる形で座った。妻はまだ諦め切れないらしく、沖田君を未練がましく見ている。これ、見様によってはだいぶ問題だ。縁側に座って右手の西側から夕日が最後の残照を投げ掛けている。その光に縁取られた沖田君は確かに翳りを帯びた孤独な青年と見える。見合いは論外だが。そもそも生者と死者の間には、文字通り深くて長い川が横たわっている。

妻が洗濯物を取り込むのを横目に見ながら、私は沖田君に語り掛けた。名にし負う剣豪相手ではなく、自分より若い者に対する口調で。

「沖田君には、好いた娘さんがいたんだよね。今でも彼女が恋しいかい？」

すると沖田君は菩薩の如き静穏な表情で答えた。

逆光となっても、彼自身の発する淡い光でそれが見える。

「彼女は後に若くして亡くなりました」

端的な言葉に込められた悲哀は如何程のものか。しかし沖田君は変わらず静穏な表情を崩さない。

訊いてはならないことを訊いてしまったと感じた。私は己を恥じた。後悔する私を見る沖田君の眼差しは揺らぐことはない。沖田君は私よりもずっと大人だった。

だから、私は忘れるところだった。沖田君が、「沖田総司は愚かだった」と言ったことを。

その時の寒気のするような笑顔を。

「光姉上は幸せであっただろうか……」

唐突な彼の言葉に私も思い出した。

そう言えば彼には姉がいた。確か十程、離れていた筈だ。沖田君と知り合って以来、私も彼については調べて少しは詳しくなっていた。

「沖田家の家督相続の為に婚姻を交わして、維新後は不肖の弟を持った身として肩身が狭かっただろうと思うと」

遣り切れないものがあるのです、と沖田君は続けた。その声に、私まで遣る瀬無くなった。

「姉上のその後は解らなかったのかい」

「それが朧げでよく掴めませんでした。けれど」

風が吹く。烏が鳴く。日が落ちて闇の横行する時となる。


「ようやく、捜し当てることが出来ました」

ああ、またもや魔性の笑みだ。私は沖田君のこの笑みを見ると背筋が寒々とするのだ。この笑みは陽光とは真反対に位置するものだ。昏いものだ。私は沖田君に引き摺られまいと、膝に置いた拳に力を籠めた。

ランドセルしょって

散り敷く桜の上に立つ沖田君は、この世ならぬ者の気配がした。

いや、それは正しいのだ。沖田君はもう、この世ならぬ人なのだから。

故人なのだから。

それを思うと私の胸に何とも言えない寂しさが込み上げる。例え彼が魔性であろうが、私は彼と色々なことをしたかった。生きているからこそ、出来ることを。将棋や囲碁は何回かしたが、彼は余り強くなかった。剣術なら得手なのですがと言い、頭を掻いていた。物欲しそうに私を見ていたが……。うん、君の相手を私がしたら私の骨が折れるからね？　それだけで済めば良いが。

沖田君が、近藤周助が道場主の天然理心流試衛館に内弟子として入ったのは十二歳の時。今であればランドセルしょってる歳で、剣の道の修行に勤しんだ訳だ。入門から約三年では、通常「目録」程度だが、沖田君は十五歳で師匠である近藤周助に随行して出稽古に行っている。神童めいた上達の程が察せられる。

桜の樹の下に立ち、降る花びらを両手で受け取ろうとする沖田君。幽玄の眺めだ。桜の下には死体が埋まっていると言うが、沖田君の下にも死屍累々と死者が在るのだ。京都で血の旋風を巻き起こしたのだから。

今にも彼がどこかに行ってしまいそうで、私は不安になり口を開こうとする。

その前に、妻が縁側に座る私と桜の樹に寄り添うように立つ沖田君に声を掛けた。


「ご飯ですよー」


これだ。この、場の空気を読まない妻の天然が良いのだ。妻よ、ありがとう。天然でありがとう。

沖田君は妻の声に我に帰ったようにこちらを見ると、顔を綻(ほころ)ばせた。それはあの、魔性の笑みではなく、あどけない彼特有の笑顔だった。

麻婆春雨(マーボーはるさめ)、生春巻、中華風茸具沢山(ちゅうかふうきのこぐだくさん)のスープ。

これはビールだな。私は紹興酒(しょうこうしゅ)は余り嗜(たしな)まない。

麻婆春雨には豆板醤(とうばんじゃん)が、生春巻のたれには甘辛(あまから)い甜麺醤(てんめんじゃん)が使われている。食欲を増進させ、且(か)つビールが進むおかずだ。ビールだろう。ビールしかない。

見ると沖田君も食事待ちの犬のように目を輝(かがや)かせて私を見ている。

微笑(ほほえ)ましい思いで、私は冷蔵庫から冷やしたグラスと瓶(びん)ビールを取り出した。無論、妻の分もある。

それぞれビールを注ぎ合って、乾杯(かんぱい)する。

む、生春巻も中々にやるが、麻婆春雨の主役級の存在感には敵わない。
それからはわいわい飲んで食べて、私は沖田君に関する憂さを忘れた。
深海に沈む頑丈な箱のように、それは確かに存在するものであったけれど。

義理人情

さて年度末。異動やら退職、仕事の引き継ぎやら何かと慌ただしい時期だ。自然、送別会なども増えてくる。私は外で飲むのも嫌(きら)いではないが、基本、家飲み派だ。が、そこは社会人の付き合いだ。会費の元を取るべく、安っぽい酎(ちゅう)ハイやら焼酎(しょうちゅう)の水割りやらをちゃんぽんする。もつ鍋は中々に美味(おい)しかった。

素面(しらふ)でこそないものの、基本、酒に強い私は確かな足取りで家路に就(つ)く。

多少、もたれた胃を撫(な)でさすりながら玄関(げんかん)のドアを開けると妻がにこやかに出迎(でむか)えてくれる。

「お帰りなさい。お疲れ様」

「ああ。ただいま」

因(ちな)みに我が家の玄関の靴箱(くつばこ)の上には、木彫(きぼ)りのアイヌの男女像があり、私の趣味とは合わず如何(いかが)なものかと思うのだが、これは妻が北海道在住の友人から貰(もら)い受けた物で、守り神なのだと言って譲(ゆず)らないので、そのまま配置してある。

「沖田君は？」

「もうおうちに帰ったわよ」

「ああ、おうちに……」

この場合のおうちとは、彼の菩提寺である専称寺であるが、その言い方も何だかなあと思う。面倒なので突っ込まないけど。

風呂を済ませた私は寝室で、妻から沖田君の話を聴いた。

何でも沖田君の家は決して裕福ではなく（二十二俵二人扶持。金に換算すると年十一両だそうな）、武士の体面を保ちながら親戚付き合いをして（これがまた莫迦にならない）、家族数人で暮らすのは厳しかったそうだ。

そういう話を、頂き物の紅白饅頭を食べながら沖田君は妻に話した。

核家族である我が家は、幸いなことに私の給料だけで庭付き一戸建てに住むことも出来、たまにはささやかな贅沢も許される。恵まれた話だ、と思う。そう考えれば多少の同僚との人付き合いも仇や疎かにするものではない。送別会とて義理人情である。頑張る自分は正しかったのだと私は己を褒めてやることにした。

隣を見れば既に妻は健やかな寝息を立て、眠りの国の住人となっている。布団から少し肩が出ていたので、掛け直してやる。ついでに頬にちゅっとしたりする。妻の覚醒時にはしにくいことも、眠っていれば出来る。酒の作用もあるのだろう。そうして今日も沖田君に逢えないまま、私も眠りの国へと旅立った。

花の命

晩春の黄昏(たそがれ)、私は久々に沖田君と縁側でまったり過ごしていた。私を見た時の沖田君の顔ときたら、長らく離れていた主人に再会した犬のようでもあり、或(ある)いは父と再会した息子(むすこ)のようでもあり、いたく父性を刺激(しげき)された。妻は、「お邪魔虫(じゃまむし)は退散ね」と訳の解らないことを言い、鼻歌を歌いながら台所へと引っ込んだ。盆(ぼん)に、私の分の湯呑とどら焼きが追加される。じっと見るにどら焼きは粒餡だ。珍しくも妻が妥協(だきょう)してくれたらしい。

機嫌(きげん)よくどら焼きを頬張(ほおば)る私を、沖田君がなぜか懐(なつ)かしそうに見ている。

「どら焼きに思い出でも？」

「いえ。僕のよく知る人に、ご亭主(ていしゅ)のようにそれは幸せそうに物を食べる人がいたので」

ふむ。

風がざあと吹き、残り僅(わず)かな花の命をいよいよ散らす。哀れなものだ。

「哀れだな」

「え？」

「あ。いや、散る花が」

我ながら、柄にもないことを言ってしまったと恥じ入ったが、沖田君はそんな私のことをまじまじと見た。そこまで凝視されるようなことだろうか。

すると心の声が届いたのか、沖田君がふいと横を向いた。

「僕の兄弟子に相当な遣い手がいまして」

「うん」

誰のことだろう。沖田君にそこまで言わせるとは。

あたりが濃厚な桃色と藍色に包まれる。相克しているようであり、共存しているようであり。

桜の樹影が長く伸び、私たちの近くまで忍び寄る。

「僕が――」

続きはまたもや吹いた突風で聴き取れなかった。いや、音としては拾えたのだが、その時は意味を成さなかった。

「その人も、花の命を哀れむ人だった。優し過ぎたのです」

「…………」

どら焼きのしっとりとした生地と粒餡のどっしりした甘さが今は楽しく味わえない。

どうして沖田君はそんなに悲しそうな顔をしているのだろう。これなら、魔性の顔のほうがよっぽどこちらの精神衛生上、ましだ。

人の記憶とは不思議なもので。

夜、布団に入る時、妻が寝室の電気を消した瞬間、まるで天啓のように沖田君の言葉が蘇った。

突風に煽られても尚、彼が続けた言葉。

〝僕が介錯をしました〟

ケーキと誠(まこと)

妻は時々、休日にケーキを焼く。ドライフルーツたっぷりのパウンドケーキだったり、チョコレートケーキだったり、スポンジケーキだったり。

花曇(はなぐも)り。薄く空に紗(しゃ)が掛かっているような天気だが、妻の機嫌はお構いなしで晴天である。今日はスポンジケーキを焼いているようだ。甘い匂いが漂(ただよ)ってくる。沖田君が物珍(ものめずら)しそうに台所の妻を振り返って見ている。『西洋好き』とは言え、ケーキが焼き上がるのを目にするのは初めてだろう。妻はふんふんと楽しそうに台所をぱたぱた動いている。活き活きしてるなあ。

やがて焼き上がったスポンジケーキに、妻は生クリームを塗(ぬ)り始めた。加えて、苺が乗る。円周上に苺と生クリームを絞(しぼ)り出したものを交互(こうご)に乗せる。それから、今度はチョコレートクリームを絞り出す袋に詰めた。ここで、沖田君を手招きする。

「沖田さん沖田さん、ここに好きな文字を書いて?」

「これを絞れば中身が出るのですか」

「そうそう、この、中心に」

「どんな文字でも良いのですか?」

「良いわよぅ。好きな女の子の名前とか。きゃっ」

いや、それはないだろう。

そして待て。何となく事態の落ちが見えてきたぞ。しかし私の制止の声が上がる前に、沖田君は生真面目な顔をして、チョコレートクリームでケーキに文字を書きつけた。

実に堂々とした達筆である「誠」の一字が、可愛らしくデコレーションされたケーキの中央に鎮座する。

これ、切っちゃ駄目な奴だろう。

流石に妻も黙ってそれを眺めている。


結果としてケーキは「誠」の文字を避けて、端から削ぐように切り分けられるという、奇妙な形になった。最後に残った中央の「誠」の箇所は、もちろん沖田君に食べてもらう。大人三人ではあるものの、スポンジケーキをホールで食べればそれなりに胃に来るものだが、沖田君は実に嬉しそうに「誠」を平らげていた。文字の部分は一口で。拘りなのだろう。

「誠」という言葉は「言」と「成」から出来ており、言ったことを成す、転じて武士に二言はないという武士を意識した言葉だそうな。士分ばかりではなかった新撰組だからこそ、重んじた言葉だったのだろう。

沖田君と卓球

近所の体育館の、とりわけ人がいない時間帯を見計らって、私は妻と沖田君と卓球場にやってきた。寂れた体育館で休日でも閑散としている。出入りの際、私はチケットを二人分、買った。沖田君は当然のように素通りである。ここなら彼と遊戯を楽しめるだろうと、まあ、私の苦肉の策だった。

私はこれでも学生時代、卓球部で、社会人になってからも知人の卓球グループに入り、大会に出るなどしていた。

沖田君は羽織袴だし、最初は要領が掴めず、空振りなどしていたが、その内どんどん私と打ち合うようになってきた。サーブに凄まじい回転が掛かっているだと？

いつの間にか私は本気で沖田君と打ち合っていた。

驚くべきことに幕末の剣豪は、卓球の上達振りまで並みではなかった。

しかしこの光景、妻以外の傍目から見たら奇妙だろう。

私は透明人間相手に必死でラケットを振るっているのだ。沖田君は教えた訳でもないのに当たり前のようにシェイクハンドで、投げ上げサーブまで繰り出す始末である。

だんだら羽織の眩しいことよ。脱げば良いのにとは言えない。羽織は最早、私に対する彼のハンデと化していた。

　本当に何なの、君。

　少しは良いところを見せよう、沖田君と普通の友人同士のように交流しようとした私の目論見が音を立てて崩れてゆく。

　この間、妻は退屈そうに、一人で素振りの練習をしていた。妻も卓球を齧っていて、時々、私が練習相手になるのだ。

　結局、沖田君に良いところを見せるどころか、お株を奪われたような状態で、且つぐったりと疲労して、私は涼しい顔の沖田君と、練習相手を余りしてもらえなかったことでご機嫌斜めの妻と共に帰路に就いた。

　夕食は焼き肉だった。汗を掻いたあとはこれに限る。

　フランス西海岸、ブルターニュ地方に塩田のあるゲランドの塩、もしくはポン酢を掛けた大根おろしに熱々の牛肉をつけて頬張る。肉汁が口の中に溢れてこれぞ幸せという気分になる。私の不興は呆気なくどこかに行った。ビールをぐびぐび飲み、ぷはー、と一息吐くと、そんな私を楽しそうに沖田君が見ていた。

わだかまり

帰りがけ、春特有のもわとした空気が滞留し、わだかまっているのを肌で感じながら、目指す我が家から煮物の良い匂いがしてきた。すると我が家の石塀からにゅうと出てくる者がある。真珠色の滑らかで小さな突起、所謂、角を頭につけたくるくる頭の小鬼が、私と目が合うとはっとして、それから一目散に立ち去った。肌の表面がうっすら儚い菫色だった。

はて。あれは幻覚であっただろうか。

家に着くと妻が出迎えてくれる。エプロン姿だ。

「何だ、沖田君は、今日は来ていないのかい」

「いいえ？　さっきから、誰かとお話ししてるみたいだったから、そっとしておいたの」

誰かとお話し。

先程の小鬼が頭に浮かぶ。

「今日は里芋の煮っ転がしと、若竹とわかめの和え物と、豚肉の生姜焼き。それに玉ねぎとじゃがいものお味噌汁よ」

「日本酒に合いそうだな」

縁側に行けば沖田君が、何やら心ここにあらずの体で座っている。それでも私に気付きお帰りなさいと言ってくれる。

「沖田君。さっき、その……」

「ああ、ご亭主にも視えたのですね」

「――――鬼だったよな」

「鬼ですねえ。鬼に転生したようです」

「誰が？」

「嘗て僕が斬った相手がです」

「誰だい」

「……卑怯な不意打ちを、土方さんと二人掛かりで仕掛けました。名前は……言いたくありません」

思い出したくない記憶の一つや二つ、人にはある。まして沖田君のような身の上ともなれば尚更だろう。

「彼は君に恨み言を言いに来たのかい」

「いいえ。逆です。僕がせり……彼に詫びたのです。僕がここに入り浸っていると知って、気になって見に来たのだそうです」

今、せり……って言ったな。

せりなずな
ごぎょうはこべら
ほとけのざ
すずなすずしろ
これぞななくさ

言葉遊びは置いて、私にも思い当たるものがあった。

成程、これは口に出したくはあるまい。しかしあの人物が、また可愛らしいものに生まれ変わったものだなと私は呑気に思った。

そしてふと考える。

沖田君は生まれ変わらないのだろうか。幕末に死んだまま、幽霊の状態で長く彷徨うことは、寂しいのではないだろうか。それとも何か、生まれ変われない事情でもあるのだろうか。日が落ちるのが少しずつだが遅くなってきている。私は紫紺めいた色合いを呈する空を見遣り、しばし思索に耽った。


その晩、夢を見た。

滴る雨の音が耳に聴こえる。暗い屋敷の廊下を、我々は息を潜めて進む。

黒装束の沖田君が首肯したのを見て、私は自分の持ち場に向かった。

人を殺すということに、いつまでも慣れない私がいる。暗殺ともなれば尚更だ。

私はひとりの男を斬った。肉に食い込む刃の手応え。膂力を以てす。

ずぶりと。

刺し、斬って引く。むっとした血臭が押し寄せる。

暗闇に生々しく咲く赤い花。

女の悲鳴が聞こえる。どうか逃げ延びて欲しいが……。しかし私のこの思いは目撃者を消すべしという考えに照らし合わせると甘いのだろう。

沖田君も、首尾よく標的を仕留めているだろう。彼の腕には何の不安もない。

ただ彼の方は標的だけでなく、女も斬ることになるかもしれない。私は彼の為に、そんな事態が起こらないように祈った。

赤い花一つ。赤い花二つ。

幾つ咲くことになるだろう。

フォーゲット

ちち、ちゅんちゅん、という雀の声で目が覚める。

私はびっしょりと汗を掻いていた。

内容は憶えていないが、悪夢を見た気がする。心配そうに顔を覗き込む妻に、大丈夫だよと笑って見せた。我ながら説得力がないと思いながら。

その日、帰ると、いつものように妻と沖田君が縁側に並んで座っていた。

茶飲み話に花が咲いているようだ。どことなく、女友達同士の邪魔をするようで気が引ける。

やはり沖田君が先に私に気付く。

「お帰りなさい」

「あら。お帰りなさい、貴方」

「ただいま。ショートケーキを買ってきたよ」

「まあ、どうした風の吹き回し？」

「良いじゃないか、たまには」

もちろんショートケーキは、「誠」の字が書かれていないものだ。

妻はご機嫌で紅茶を淹れに台所に向かう。

私は自分でもどうした風の吹き回しだろうと怪訝に思っていた。誰に対してであったか、何か申し訳ないことをした気がして、罪悪感から洋菓子店に足を運んでいた。

沖田君がそんな私をじっと見る。

やや色味の薄い瞳は純真な子供のようで、どうにも落ち着かない。

私は意味もなく咳払いして、視線を余所に逃がした。

「終わりだな」

「え？」

「いや、桜がそろそろ」

「ああ」

沖田君は一瞬、何かに怯えたような顔を見せ、それから得心したように頷いた。

「妙な夢を見たようなんだが、憶えてないんだよなあ」

私は話題を転換しようと試みる。

「……夢」

「うん」

「思い出さないほうが良いですよ」

「ん？」

「悪い夢だったんでしょう?」

「だと思う」

「なら、思い出さないほうが良いですよ」

沖田君は二度言って、笑った。

それは何だか泣き出す前の空のような笑顔で。

私は頷くより他になかった。

楽しかった思い出

世の中にはどうやら、私のあずかり知らないことがたくさんあるらしい。

そんなことを、ここ最近の出来事で考えるに至った。本当は、自分が知っていることなんか、ほんの少し、一欠片（ひとかけら）なんじゃないだろうか。私たちは知らない不可思議に囲まれて、日々を送っているのだ。

そして私の目の前には今、胡麻油（ごまあぶら）に粗塩（あらじお）、黒酢（くろず）と胡麻油と醤油に胡椒（こしょう）、豆板醤と胡麻油の三種のたれが置かれている。今日の夕食は鰆（さわら）のウーロン茶葉蒸し。鰆を蒸し器にウーロン茶葉と共に入れ、蒸した物に三種のたれを好みでつけながら食べるのだ。私の横には当然のようにビールがある。日本酒ではこの料理のパンチに勝てない。

沖田君は初めて見る料理を興味深そうに眺め、妻の教えるようにたれをつけて食べている。豆板醤のたれも平気らしい。美味しそうに顔を綻ばせている。

「昔はこんなの食べなかっただろう」

「縁がありませんでしたねえ。平山先生は食事も質素を旨（むね）として、僕もそうしたところに心酔（しんすい）していましたし。新撰組が京都で幅（はば）を利（き）かせるようになるまでは、試衛館の仲間内での食事も贅沢な物ではありませんでした。その癖、近藤さんが食客をごろごろ招き入れるものだから」

沖田君は楽しそうに笑って、ビールを一口飲んだ。

何とはなしにほっとする。

やはり沖田君には、屈託（くったく）なく笑っていて欲しい。昔日（せきじつ）においては、辛（つら）いことや悲しいこともあっただろう。

それはあの小鬼の一件からでも解る。

だから、どうせ美味しい食事と思い出すなら、良い思い出であって欲しいのだ。

そして妻よ。少し飲み過ぎだぞ？

姪(めいこ)の芽依子

休日、私の姉の娘(むすめ)である芽依子が遊びに来た。

高校一年だが、乙女(おとめ)ゲーなどにずぶずぶとはまっている真っ最中。年頃(としごろ)の娘らしくイケメン大好き、少々オタク気質(かたぎ)の娘である。

そしてどうやら、沖田君が見えるらしい。

「うわあああ。新撰組のコスプレだあ。ちょーイケメン！……尊い」

目がキラキラしてるね。両手組む必要まである？

「…………」

沖田君、初めて見る人種に目をぱちぱちさせている。写メって良い？　と言われ、何のことやらも解らず頷いていたが、写るんだろうか。

「芽依子ちゃん、ほら、沖田さんもこっちに来なさい。お茶にしましょう？」

妻はこの事態をあっさり受け容れている。

「名前まで沖田なんだー。本名？　凄いね！」

何だか疲れる。私の世代と芽依子の世代には相当な落差があり、芽依子が情熱を傾けるものに、私はいまいちピンと来ないのだ。

そして表面上、にこやかな妻は昨日、近所の奥様方との間で面白くないことがあったらしく、そこはかとなくピリピリとして殺気立っている。さすがに子供の芽依子にまで当たるのは大人げないと考えているのだろう、芽依子には優しい叔母を通している。

ただ、アイシングクッキーに書かれた文字が問題だ。

KILL YOUだの BLOODだの荒んだ心境がありありと表現されているではないか。

クッキーに書く文字じゃないよね?

意味の解らない沖田君と、これまた意味の解らない芽依子。芽依子のほうはちょっと問題であるが、気にせずに紅茶と美味しく頂いている。

私はI MISS YOUと書かれたクッキーを齧った。

そしてその言葉を書いた妻の心境を考える。

I MISS YOU

貴方がいなくて寂しい。

妻は一体、誰を思ってこれを書いたのだろう。そしてなぜ芽依子には沖田君が見えるのだろうか。

お喋り

帰宅途中、近所の顔見知りの奥さんと出会った。温厚で人柄の良い婦人だ。

私を見るとちょっと困った顔をして眉尻（まゆじり）を下げて会釈（えしゃく）する。こちらも会釈を返すと、おもむろに口を開いた。

「この間はすみませんでしたと、奥様にお伝えください」

「はい？」

「いえ、お喋りが盛り上がった拍子（ひょうし）に、つい、お宅はお子さんはまだですかなんて、無神経なことをある人が言ってしまって」

「……ああ」

アイシングクッキーの荒（あら）ぶる文字が蘇った。そういうことか。私も妻もまだ若いし、私は妻がいれば子供がいなくても良いと考えているくらいである。しかし妻としては遣り切れない思いがあったのだろう。I MISS YOUのYOUは、ひょっとしたらまだ見ぬ赤ん坊ではあるまいか。

そんなことを考えると、私は切なくなってしまった。

奥さんと別れて歩いていると、板塀（いたべい）からはみ出した柿の樹に烏（からす）が留まっていた。沖田君が、その烏と何やら話しているようだ。彼は烏とも話が出来るのか！

彼の声はいつもと比べて格段に低かった。

「……ああ。ああ。解っている。あいつはまだ眠ったままだ。このままでは——。さんなんさんも、」

途切れがちに聴こえる声が、中断された。沖田君が私を見ている。丸い目で、虚を突かれた、といった風だ。私は、あえて何事もなかったかのように沖田君の肩に手を置くと、帰ろうと言った。彼の家は正確にはうちではないが、なぜだかそう言わなければならない気がした。

沖田君を連れて帰宅すると、妻がいつもの笑顔で出迎えてくれた。これで心中、色々と思うところはあるだろうにと、私は妻の健気さに感じ入った。柿の種とピーナッツと、ぬる燗が出される。たまにはこういうのも良いか。

縁側で沖田君と、一杯やりながら歓談する。先程の、烏との会話のことは尋ねない。私の中に遠慮する私と気後れする私とがいる。さんなんさんって何だろうなと思いつつぬる燗を湯呑で飲む。ほってりとした温もりが身体に沁みる。柿の種とピーナッツを齧りながら話す。

「新撰組では士気を高める為の運動会みたいなものはなかったのかい」

「うんどうかい？　まだ僕らが多摩にいた頃、野仕合、ええと紅白試合はありましたよ」

「ほう」

「近藤周助先生が隠居されて、近藤……勇さんの四代目襲名が決まった時です」

「ははあ。一種のセレモニーだな」

「六所宮の広場で開催されました」

「君は紅白、どちらだったんだね」

「僕は本陣にいて、太鼓役を勤めましたよ。大将、この場合は近藤さんですね、の采配に従って、鳴り物で軍に進退を知らせるんです。結局あの時は、土方さんやさんなんさんがいた、紅組が勝ちましたね」

「さんなんさん……」

さっき烏にも言っていた名前らしきものだ。

「ああ、山の南と書いてさんなん、さんなんさんと読むのですよ」

そう言うと沖田君はぬる燗をぐびりと飲んで、葉桜になりつつある桜の樹を見た。

にこにこ

その晩は鯛と牛蒡(ごぼう)の荒炊(あらだ)き、湯豆腐と法蓮草(ほうれんそう)のお浸(ひた)しだった。

日本酒が進む。

沖田君はにこにこと飲んでいる。

私もにこにこ。

妻もにこにこ。

三人三様のにこにこがあり、けれど私たちにもそれぞれ抱えるものがある。

鯛は切り身を濃い味で牛蒡と一緒に炊くと実に良い酒の肴(さかな)になる。ご飯のおかずにもなる。鰭(ひれ)の部分や頭部などは、殊に美味い肉の部分なのだ。家長たる私に遠慮してか、妻も沖田君も頭部には箸を伸ばさない。私はこれ幸いとばかりにほくほく、その一番美味しいところを頂く。

口の中を濃い味で満たしたところで、まったりとろりとした湯豆腐を食べる。濃い味が豆腐の淡泊(たんぱく)さに洗われて、丁度良い按配(あんばい)になる。沖田君や妻と日本酒を注ぎ合う。純米吟醸(ぎんじょう)だぞ。ここ数日、冷える夜が続くが、これを熱燗(あつかん)にする気にはなれない。勿体(もったい)ない。

「今年の桜はあっという間に咲いてすぐに散ったわね」

「ああ、いつもに比べて見頃(みごろ)が短かったな。天候不順だったし」

庭の桜も今や濃い茜色の骨のような有様を呈している。

「春場所ももう終わっちゃったし。何のかんのと騒ぎながら」

角界が騒がしかったのは知っているが、私は余り興味がない。プロ野球が開幕してからはそっちのほうが楽しい。

純米吟醸を瀬戸焼の盃でくい、と煽りながら法蓮草のお浸しを摘まむ。法蓮草のお浸しと言っても莫迦にしてはいけない。茹でた法蓮草を、前の晩からとった出汁に浸すのだ。出汁にはどんこ椎茸、羅臼昆布が使われている。私たち夫婦は揃って食道楽の為、食材にも拘りがあるのだ。法蓮草の上にほろ、と掛けられた細かな鰹節も上物だ。年上の女房は金の草鞋を履いても探せと言うが、私の場合、料理上手の女房は金の草鞋を履いても探せ、である。

沖田君も生きていれば私が良いお嫁さんを探してあげたんだがなあ。

そこまで考えて、これは一種ののろけだなと気付いた。

位牌

人の心には誰しも普段は深層に置いて手を伸ばさない領域というものがあると思う。

それは神聖にして不可侵で、容易く余人には踏み込ませない。沖田君にも妻にもあるだろうし、私にもそれはある。とかく大人の男は酔いに感傷を紛らわせるところがある。私もまた然り。食後、甘味が欲しくなった私たちは翡翠色の草餅と緑茶で一服していた。ぴょんと伸びる草餅は、漉し餡である。致し方なし。沖田君が出稽古に明け暮れる頃、時代は尊王攘夷、尽忠報国が専らの流行だったのだよなあ。天誅という名のテロが横行していた物騒な時代でもある。自分の信じるところを言うだけで殺されるかもだなんて怖いもんだ。引き換え、今の世が良い時代かと問われると、それはそれでどうだろうと考える。激しい主義主張は一部の人たちの間で論じられ、とりわけ若い層には幕末に見られたような熱意が薄弱な気がする。

私はこの時代に生まれて幸せだろうか。

過不足ない暮らしをしている点では恵まれているのだろう。

ただ。

私は沖田君が帰ったあと、四畳半の仏間に一人、足を踏み入れた。

仏壇には私と妻の両親の位牌と、それらより小さな位牌が置かれている。

私はそれをそっと手に取って撫(な)でた。

「……ごめんな」

忘れている訳じゃない。疎(おろそ)かにもしていない。
ただ、普段は胸の奥深(おくふか)くに沈(しず)めていないと生きていけない物事もあるのだ。

インスタントラーメン

家に帰った私を出迎えたのは、妻ではなく沖田君だった。

それもなぜかフリルつきのエプロンを、羽織の上から着ている。いつもは妻が使っているものだ。

「お帰りなさい」

「……ただいま」

「奥方は、婦人会の寄合とやらがあるそうで」

ああ、そう言えば言っていたな、そんなこと。だからと言ってそれが沖田君のエプロン姿に結びつく理由が解らないが。

沖田君が私の疑問を察したように言う。

「奥方がこれを着て料理をするようにと」

うん、遊んでるな。どうせ写メでも撮ったんだろう。芽依子のスマートフォンにはばっちり沖田君が写っていた。これも一種の心霊写真かと思いながら、私は科学技術に感心したものだ。

「先にお食べになりますか、お風呂にされますか」

新婚さんごっこか。とりあえず私は、この状態の沖田君を一人にするのは心配だったので、風呂はあとにすることとした。それにしても妻も、作り置きのおかずくらい用意しておいてくれれば良かったのに。完璧に状況を楽しんでるだろう。

「因みに何を作る積りなんだい」

沖田君の白皙の美貌が、すわ池田屋に討ち入りとばかりにきりりと引き締まる。

「いんすたんとらーめん、なるものです」

結果として沖田君は羽織の袖を燃やしそうになったり、卵を殻と共に盛大に鍋の中に投入しようとしたりの迷走した活躍振りを披露してくれた。フォローする私は、醤油ラーメンらしき物が出来上がった時には疲労困憊だった。

これだけは、と武士の情けか妻が別に取り置いてくれていた茹でた小松菜をラーメンに入れると、一応はそれなりに見栄えがする一品となった。私は沖田君のエプロンを脱がせて（泣く子も黙る沖田総司がいつまでもこんなのを着ていてはいけない）、テーブルに向かい合せに着くとビールとラーメンに舌鼓を打った。余り大したことは喋らなかったが、たまには男二人で食べるのも良いもんだと思った。私に早く息子が出来ていたら、こんな感じだったのかもしれない。

春雨

ほたほたと雨の降る休日。

春の雨は優しくて甘い。粉糠雨だ。

沖田君がどこかぼんやりした風情で縁側に胡坐を組んでいる。

そんな端近くにいれば濡れるだろう。水も滴る色男とは言うが。

「沖田君、ここに来たらどうかね」

私は自らが座るチョコレート色のソファーを指差した。妻は台所の床を磨いている。余り磨き過ぎると床に塗ったワックスが剥げるので、バランスが大切なのよとは彼女の言だ。

沖田君は私の勧めにゆるゆると首を振る。

「雨を見ていたいのです。春雨は、いつでも見られるものではありませんから」

私の胸に、不意に込み上げるものがあった。

志半ばで病となり、屯所で静養していた彼も、やはりこのように春雨を眺めたのではないか。

それは詮方なく侘しい光景だった。現存する沖田総司最後の書状で、彼は自らの病を打ち明けている。そこには相手に心配を掛けまいとする沖田君の気配りが見て取れた。

床磨きを終えた妻が立ち上がり、何か甘い物でも作ろうかしらと呟いている。心臓に悪いアイシングクッキー以外なら大歓迎だ。

沖田君は相変わらず、雨と、雨に濡れそぼるすっかり葉桜と化した樹を眺めている。

雨による湿気が、彼の髪をしっとりと艶(つや)めかせ、男性に特有な色気がある。女性には女性の色気があるように、男性の色気もまた確かにあるのだ。

繊細な作りの彼の唇が動いた。信じられない音を伴(ともな)って。

「お子さんのことは気の毒でした」

沖田君の声はささやかで、語尾が春雨の微音に紛れて溶けた。

日記

沖田君は知っているのだろうか。

いや、知っていたのだろうか。あの子のことを。

春雨が私の思考を凝固(ぎょうこ)させて、また、混乱の渦に落とした。幽(かす)かな雨の音は当然ながら私への答えを示すでもなく、ただ滴り続けた。それはまるで赤ん坊をあやすにも似た優しさだった。

「何を書いてるの？」

沖田君が帰ったあと、寝る前、書斎に籠った私に妻が問い掛けた。妻は既に寝間着姿で、目がおっとり眠(ねむ)そうだ。

「ん……。沖田君とのことを、記録しておこうと思ってね」

「日記？」

「うん。沖田君について私が知っていることも含(ふく)めて、彼との交流を記しておきたくて」

妻が物柔らかに微笑んだ。

「それは良いわね」

何せ沖田君は幽霊だ。いつまで逢(あ)えるかも解らない。

妻が葛湯(くずゆ)を乗せた盆(ぼん)とカーディガンを持ってきてくれた。葛湯には摩(す)り下ろした生姜が入っていて、仄かな甘味と生姜の辛味が快く舌に絡みついた。桜の花びらの塩漬けがひとひら浮いていたのが風流だった。

書斎の机に置かれた、鈴蘭型をした電気スタンドの光が私の日記を照らす。

剣術ばかりがとかく有名な沖田君だが、金策で苦労したことなどもあったようだ。

試衛館修復の為に頼母子講、言わば互助会を結成したらしい。

目標総額百両のところ、沖田君と井上松五郎とやらが駆け回っても集金出来たのは十三両に過ぎなかったという切ない話がある。天才剣士、と囃し立てられる裏の涙ぐましいエピソードだ。

そんなことをつらつら書きつつ、沖田君との初めての出逢い、金目鯛の煮つけなどにも触れ私は筆を進めて行った。

彼があの子のことを知っているのか。知っているのならなぜなのか。

その思案は、今は置いておくこととした。

沖田君、スーツを着る

空気が少し温んだ日だった。

紫を帯びた陽光が物々の影を縁取り、色合いを微妙に変える。

帰宅すると妻が、おねだりする時特有のポーズで、上目遣いに私にすり寄ってきた。

沖田君は相変わらず縁側でのほほんとしている。脇にはみたらし団子と茶の入った湯呑。

「沖田君にスーツ?」

「そう。彼の洋装って貴重じゃない？　貴方のをちょっと貸してあげて頂戴よ」

「それは構わないが……」

西洋好きの沖田君なら抵抗もないかもしれないが……。

要は着せ替え人形の一環だなと妻の顔を見ながら思う。女性というのは幾つになってもそうした遊戯を喜ぶものなのか。

着方が解らないだろうと、寝室で私が、沖田君が着替えるのを手伝う。沖田君はやはり別段、抵抗ないらしく大人しく着物を脱ぐ。羽織を脱ぐ時だけ一瞬の躊躇があった。大事な隊服だものな。

下着姿になった彼に、ああ、やっぱり褌なんだと妙な感心をしながら私はシャツだの何だのを着せていく。何だか彼のお父さんになった気分だ。こうして妻のたっての要望で、沖田君は私の一張羅に着替えた。サイズはやや大きい。当時の人は男性でも今と比べると小柄だった。

果たして妻の反応は。


「素敵！」


目が輝いている。

おい、私の時でもこうは輝かないよな？

沖田君は私の一張羅のスーツを着たまま夕飯の食卓についた。やはり物珍しそうにきょろきょろ自分の手足を見回している。妻はもちろん写メした。

しかし様になるなあ、くそう。

イケメンは何を着てもイケメンなのだ。

夕飯はカレー粉のふんだんに効いたスパイシーな鶏肉のカレーライスで、沖田君はこれまた物珍しそうに食べていた。一口目は結構、慎重だったが、二口目以降はすごいがっついていた。お気に召したらしい。ふふふ。癖になる味だろう。

私はビールを飲みながら、一張羅にカレーの染みが出来たらどうしよう、と少しびくびくしつつ沖田君を見ていた。

今日は沖田君のカレー記念日。
いや、スーツ記念日か？

夢

穏やかな春らしい気候の休日だった。
沖田君が縁側で眠りこけていた。ぽかぽかして日当たり良好だからな。
でも幽霊でも寝るんだなあと私は半ば感心して彼の寝顔を見ていた。

「……なんさん」

ん？

「さん、どうして」

何だか夢にうなされているようだ。苦しそうだぞ、どうしよう。いや、悲しそう？　眉間に皺が寄っている。妻は今、買い物に出かけていてこの事態に対応するとしたら私しかいない。
どうして、と沖田君は繰り返す。
私まで悲しくなってしまう。こんなに良い陽気なのに、沖田君は悲しい夢を見ているのか。

「さんなんさん」

沖田君が寝たまま、私のシャツの袖を掴む。私は振り解けない。

これはあれか。さしずめ山南敬助の夢を見ているのだなと私にも見当がつく。

確か山南敬助は脱走したのだよな。それで連れ戻されてその介錯を沖田君がしたんだっけ。

でもそう言えば違う説が最近、読んだ本に載っていたな。山南は脱走したのではなく――。

けれどその説が正しいとすれば山南の死は……。私の顔も自然と曇る。

沖田君の目尻に光るものがある。

私は見てはいけないものを見た気持ちになって、掴まれていないほうの手で、そっとそれを拭ってやった。

折角幽霊になったのなら、悲しい記憶も忘れていられれば良いのにな。

牛カルビ

ふと目覚めた沖田君の目が、赤ん坊のように澄んでいたので、私はどきりとした。

私の袖を掴んでいる自分の手を見て、ああ、と言って離した。私のシャツの袖は沖田君の手で握られた形によれている。

「すみません」

「いや、うなされていたようだけど、大丈夫かい」

私がそう尋ねると、沖田君は見ているほうが遣る瀬無くなるような笑顔で頷いた。

「今では。もうどうしようもない過去の夢です」

「……」

夢の内容に踏み込むことは憚られた。それは沖田君の心の聖域に関することだ。無闇に触れて良いものではない。私は物干しスタンドのはためく洗濯物を見た。今の沖田君は、余り直視してはいけないような気がした。その内、妻が帰ってきて、特売だったということで牛カルビを焼き始めた。

じゅうじゅうと肉の焼ける香ばしい音。

感傷を吹き飛ばすパワーが焼き肉にはある。

ああ、肉よ、肉よ。我、汝を愛す。
そしてもちろんビール。
これらが揃って暗い過去に浸る余地などあるだろうか。
ないだろう。ないと、私は信じたい。
沖田君、また白い髭を作ってるし。

山南敬助は脱走などしなかったという説があることも、今は記憶の内に留めるだけにしようと思った。

ピクニック

妻は割と出し抜けに物を言う。

この日もそうだった。

「ピクニックしましょう！」

沖田君は、聴き慣れない言葉にきょとんとしている。

「三人で？」

「もちろんよ」

確かに今日も良い日和だが。

「沖田君は人には見えないんだぞ？」

「だから、うちの庭でピクニックよ」

果たしてそれはピクニックと言えるのだろうか。寧ろ野点とかじゃなかろうか。妻は私の思惑を余所に台所で張り切っている。私も一応、ビニールシートなどを取り出してきた。沖田君はのほほんとそんな私たちを見ている。

それで良いと思う。

夢でうなされて泣かれるより、ずっと良い。

鶏の唐揚げ、胡麻塩お握り、海老フライ、ブロッコリーのマヨネーズ焼き、苺。

妻が弁当箱に詰めたそれを、庭に敷いたビニールシートの上で、沖田君と妻と三人で頂く。

美味しい。長閑だ。

眺めるのは青空と葉桜くらいしかないが。

妻が笑っている。沖田君も笑っている。

それ以上望むものなどないと思えた。いつの間にか私は、沖田君を家族の一員のように感じるようになっていた。恐らく妻も同様だろう。

もう喪いたくないなと、そう思った。

幽霊相手に、そんなことを考えるのはおかしいのかもしれないけれど。

麻疹（はしか）

私は沖田君を息子のように感じ始めている自分に気付く。そしてそのことに危（あや）うさを感じる。

なぜなら彼は幽霊。いつ、消えても不思議ではない存在なのだから。いや、沖田君のことを思うなら、成仏（じょうぶつ）したほうが彼の為だろう。

それを引き留めたいと思うのは危険なことだ。

なぜ、弟ではなく息子なのだろう。

書斎で、そこまで思い至った時点で、私は自分の思考に首を傾（かし）げる。

はて、弟？

どこからその発想が出てきたのか。

少なくともあの子は弟ではなかったし。

そう思いながら沖田君に関する書物に目を通す。

彼は出稽古先で麻疹（はしか）に罹（かか）ったことがあったらしい。

沖田君と言えば労咳（ろうがい）、所謂、結核（けっかく）が有名だが、それだけではなかったようだ。

そして麻疹と言えば今でこそ大したことない病気と思われがちだが、当時は大人でも命を落とす危険性があった。

『小島日記』に沖田君についてこんな記述がある。

この人、剣術は晩年必ず名人に至るべき人也、故に我ら深く心配いたす。

幸いにして沖田君はこの後、快復するのだが、彼を心配する人がこのようにしてあったかと思うと、私の胸は仄かに温かくなるのだ。

孤高の剣士と言えば聞こえは良いが、やはり人が独りは寂しい。

そして妻よ。

差し入れにショートケーキと梅酒はどうなんだろう。

出会ってはならない禁断の組み合わせな気がする。

美味しいが、若干、増えつつある自分の体重を私は危惧した。

チョコもなかアイス

今に残る沖田君像を紐解けば、二面性が見えてくる。


朗らかで子供好き。邪気のない面。

非情で冷酷な暗殺者の面。


私は前者の沖田君しか知らない。

そして沖田君の本質はそちらだと思う。いや、思いたい。

新撰組で剣を振るった沖田君は、幸せだったのだろうか。

現在、私の横でチョコもなかアイスを頬張る沖田君は実に幸せそうなんだが。

沖田君、頬にチョコがついてるよ。

すかさずそこを妻が写メる。抜け目ないね。

彼はのほほんとされるがままだ。何をされてるのかも解ってないんだろうけど。

こう見ると、とても短気には見えないんだがなあ。

沖田君が近藤勇の代わりに稽古をつけた際、教え方が乱暴で短気だったから、勇よりも怖がられていたという話が残っている。
ふ、と沖田君が見せた側面を思い出す。
鳥と話していた彼。
沖田総司は愚かだったと言った彼。

沖田総司は愚かだった。

なぜ彼は、そんなことを言ったのだろう。
あれではまるで沖田君が――。

などと思いながら私は沖田君の頬についたチョコを拭ってやった。
すっかり情が湧(わ)いてしまっていることは、否(いな)めない。

烏

帰り道、近所の柿の樹に留まった烏から妙に視線を感じた。

沖田君が以前、烏と話していたが、同じ烏だろうか。余りにもじっと見てくるので、私はつい悪戯心を出した。時は夜。残業で疲(つか)れていたというのもある。

「にゃ〜ご」

ものすごく莫迦(ばか)にした視線を感じるのは気のせいだろうか。やった私自身にしろ、後悔していた。心に小さくないダメージを受けた私は、早々にその場を立ち去ろうとした。

「あれは沖田総司ではないぞ」

足が止まる。今、この烏が喋(しゃべ)った。喋ったこと自体が問題なのではない。言った内容が問題だった。

「あれは沖田総司ではないぞ」

烏は私の混乱を承知のように繰り返しそう言って、観察するごとく私を眺め遣った。

沖田君が沖田君でないなら何だと言うのだ。新撰組の隊服を着て、沖田総司の思い出話を語る。紛(まご)う方なき沖田総司ではないか。

――沖田総司は愚かだった。


そう言った沖田君を私は思い出した。

胸を濡らした布で撫でられた心地がした。

「……沖田君でないなら、誰だと言うんだ」

「お前がよく知っている者」

「意味が解らない」

「賽の河原で石を積んでいないかという心配は要らない」

烏の不意の話題転換に、そしてその内容に、私は今度こそ心臓を掴まれたように感じた。

「あの子を知っているのか」

「ようく知っているとも。影も知っていただろう」


影？　沖田君のことか？


突然、烏が羽ばたいた。あたりに黒い羽が散る。

私は茫然としていた。

もしあの子が生きていたなら、今頃は八つ。

可愛い盛りだった筈なのだ……。

苺大福

私は苺大福を頬張る沖田君をじっと見る。

『新撰組顛末記』に「後年に名を残した剣道の達人」とある彼は、今、至極幸せそうな顔でもしゃもしゃと大福を咀嚼している。大福は漉し餡だ。致し方なし。

あれは沖田総司ではないぞという烏の言葉が蘇る。

どういうことなのだろう。

影、とは。


沖田君は新撰組の恰好をして、昔の記憶を語るではないか。

そこまで考えて私ははっとした。

逆に言えば、新撰組の隊服を着て、沖田総司の記憶を語れば、それは誰でも沖田総司足り得ることになる。

気付いてはいけないものに気付いた心地で、私は湯呑の翡翠色に目を落とした。

「沖田君は」

「はい」

「初めて人を斬った時、どう思った？」

沖田君の和やかな顔がふと変わる。解っている。これはだいぶ、踏み込んだ質問だ。

彼の記憶の深奥に触れる。

だからこそ私は訊きたかった。

「肉は案外するりと斬れると思いました。骨の邪魔さえなければ、人とは存外、たやすく斬れるものなのです」

「……」

「相撲はお好きですか」

今度は逆に私が問われた。また唐突な問いだ。

私は思うままを答える。

「いや、苦手なんだ。実は。どうしてかな。お相撲さんを見ると、何だか胸のあたりが苦しくなる」

沖田君が庭を向き、苺大福の二つ目に手を伸ばす。大福がびよよよと伸びる。

さもありなんと頷かれ、私はどうしてそんなことを訊かれたのか解らなかった。

「そうでしょうね」

随分、日が長くなり、今、ようやっと周囲の空気に黄金の光が満ちる。

だって私は。

うん？

何だ、今の。

今、私は何を考えようとした？

一瞬、胸を翳りがよぎった。

まあとりあえず、苺大福は美味いなあ。

旬の味だ。

沖田君は沖田君

今夜は麻婆豆腐（マーボーどうふ）だ。妻の作ったにんにく醤油が良い下味となって実に美味しい。

沖田君も散蓮華（ちりれんげ）で掬（すく）ってご飯と一緒にぱくぱく食べている。

いやあ、今日もビールが美味い。麻婆豆腐のツボを押（お）さえた辛（から）さでご飯が進む、進む。

体重が増加気味の私だが、前回の健康診断では特に問題なかった。コレステロール等を控（ひか）えろとも言われていない。それを良いことに食べたい三昧（ざんまい）、飲みたい放題である。

そう言えば芽依子が沖田君を合コンに誘いたい旨、メールしてきたが断固として断っておいた。透明人間を参加させてどうなる。沖田君にしろ、いい迷惑（めいわく）だろう。彼が軽佻浮薄（けいちょうふはく）な人間でないことは、短い付き合いの中でも解る。

私はそんなことを考えながら、沖田君は沖田君だと思った。

化け烏が何を言おうと、彼は私の中で、沖田総司に他（ほか）ならないのだ。

影ではなく、光なのだ。

なぜ烏が賽の河原云々と言ったのかまでは解らない。

とりあえず私はご飯を二杯お代わりして、満腹の酔い心地でご機嫌だった。

いずれ烏の、そして沖田君の言葉の意味が明らかになった時、受ける衝撃をこの時は露程（つゆほど）も想像していなかった。

お洗濯

沖田君が洗濯物を畳むのを手伝っている。

妻の隣にちょこなんと正座して、しかつめらしい顔で。

恐らく彼には馴染みのないであろう洋服を、妻の教えに頷きながら、健気に畳んでいる。

しかし私のトランクスまでそう律儀に畳むことはないのだよ、沖田君。

「ただいま」

「あ、お帰りなさい」

「お帰りなさい」

妻は自分の下着はしっかりキープして沖田君には触らせていない。そこは譲れないところなのだろう。幾つになっても女は乙女。

沖田君も何となくそれと察する様子で、妻のブラジャーなどからは視線を逸らしている。

私は妙に気まずく、咳払いをして共同作業を行う彼らに話し掛けた。

「祭りの準備が進んでいるな」

「ああ、姫宮神社の」

「うん」

「祭りですか」

「沖田君も見たりしたかい」

沖田君は私のシャツを掴む手を止め、きょとりと小首を傾げた。

「献額した憶えならありますが」

「見学」

「献額。額を奉納することです」

「ああ、確か日野の八坂神社、当時は牛頭天王社に」

「そうそう。十七の時でした。近藤周助先生や日野の門人たちと一緒に」

献額、奉額は天然理心流のみならず、諸流派がこぞって行ったらしい。

武運長久を祈る意味合いの他、一門の勢力誇示、他流派へのデモンストレーションでもある。

寧ろ、そちらの目的のほうが強かったのではあるまいか。

「沖田君、今度はお洗濯を一緒にやりましょう」

どうやら妻は沖田君に家事を仕込み、自身の安楽を図る積りらしい。沖田君は素直にこくりと頷いている。やれやれ。沖田君がいずれは料理なども手伝わされる羽目になるのだろうかと思ったが、インスタントラーメンの惨事を思い出し、私はそれはあるまいと首を振った。

カステラ

職場で貰ったカステラと、妻が淹れてくれた緑茶をお伴に、私は書斎に籠っていた。

暖色の明かりのもと、沖田君に関する資料を紐解く。改めて調べてみると、興味深い示唆が色々と出てくる。

新撰組の掟としては『新撰組始末記』に載る「局中法度」がよく知られる。

士道に背くまじき事、
局を脱するを許さず、
勝手に金策致すべからず、
勝手に訴訟取り扱うべからず、
私の闘争を許さず、

この五箇条に違反した者は「切腹申し付くべき候なり」と。

実はこの掟、最後のものを除き『顛末記』に載る禁令四箇条を参考にしたもので、同時代史料などには見られないのだ。

新撰組の根幹とも言える、局を脱するを許さず、だけは確実に存在したようだ。

私はあむあむとカステラを食べながら本のページをめくる。ざらめの甘さが美味しい。

いったん組入りいたしたものは、破談相成らず。絶えて離れ候わば、仲間より切害殺害いたし候定めの由。（文久三年六月、『彗星夢雑誌』）

壬生浪士組は、出奔せし者は見付け次第、同志にて討ち果たし申すべく、との定めの趣。（『元治秘録』）

ふむ。私はさんなんさん、山南敬助に思いを馳せる。

彼が本当に脱走したのであれば、成程、掟の骨子を蔑ろにする行為とも言え、結果、切腹に至るというのも納得出来る。

しかし彼に関しては別の説もある。

当時、療養生活を送っていた彼が、形ばかりの総長であることに懊悩し、葛藤と憤りの末に自害を試み、死に切れずにいたところを……沖田君が介錯してやったのではあるまいかというものだ。

翌日、帰宅すると妻と沖田君がいつものように縁側に並んで座っていた。

私は何かしらほっとするものを感じた。

二人の影がリビングに、斜めに伸びている。

私に気付くと笑顔でお帰りなさいと言った。

昨日、調べたさんなんさんの自害と沖田君の言葉が蘇る。


〝僕が介錯をしました〟


優し過ぎたと語った相手は恐らく、さんなんさんのことだろう。

介錯ってあれだよな。

首を斬る。

慕(した)った相手の首を斬るとはどういう心境か。

さんなんさんは試衛館の食客ではなく正式な門人であり、近藤勇に試合で負けた為、弟子の礼をとり、「近藤勇の四天王」の一人と称されるようになる。そうした人の最期としては、実に悲惨と言える。

「でね、若い頃は似合わなかったピンクゴールドが、最近、しっくりくるようになったのよ」

「なぜですか」

「肌が変化したってことかしらねえ。年を取るって面白いことだわ」

「成程」

「それでこの間、ピンクゴールドのピンキーリング買っちゃった。きゃっ」

「はあ」


妻よ。

しんみりしそうな私の物思いをぶち壊してくれてありがとう。


夕食の支度(したく)に台所へ向かった妻と入れ替わる形で、私は沖田君の隣に座った。妻はコーヒーとチョコブラウニーを出してくれた。妻の焼くチョコブラウニーは絶品である。

私はもごもごと口を動かしながら、にこやかな顔で沖田君を見る。

触れられたくない過去は誰しもある。

私にも妻にも、そして沖田君にも。

さんなんさんのことは軽々しく話題にして良いものではないだろう。

それにしても妻がピンクゴールドのピンキーリングを買ったなんて、私には初耳だった。

抜刀

残業で遅くなった。

帰り道を私は急いでいた。

星がまばらに光っている。沖田君はもうおうち（専称寺）に帰っただろうか。

汗ばんだ肌にシャツが張りついて不快だ。

私の行く先に人影が見えた。

まだ若い男たちだ。どうやら酔っぱらいらしい。派手な柄シャツからしてその筋の人かと解る。

彼らは私を見ると赤ら顔をにやにやさせた。

私の肝がすうと冷えた。これは所謂……。

「よお、おっさん」

「……」

「有り金出せよ」

「チンピラにやる金はない」

ついむっとして強がりを言ってしまった。案の定、彼らは気色ばんだ。淀んだ目をしている。

何が彼らを凶行に奔らせるのだろうか。

「るせえ、ぶち殺されてえのか」

ナイフをポケットから取り出した男に、私の身体は硬直して動きそうもない。

その時。

キン、と澄んだ金属音が響いた。

沖田君が立っていた。

抜き身の刀は切っ先が下がり気味で、前のめりの構えだ。

足拍子三つが一つに聴こえ、鮮やかな三本仕掛けが男たちを倒していく。流れる血はない。

峰打ちなのだ。

私は初めて目にする、音に聴こえた剣豪の技にすっかり魅入られていた。

男たちに沖田君は見えない筈だから、何が何だか解らない内に気絶しただろう。

沖田君が刀を納めながら私を振り返る。

「ご無事ですか」

「あ、ああ。ありがとう」

「いいえ、丁度、帰ろうとしていたところでした。ご亭主は……」

「ん？」

「剣は使われないのですね」

私は苦笑して手を振った。銃刀法違反以前の問題だ。

「まさか」

「そうですか……」

沖田君は何事か考える響きを語尾に残す。

私はそれから警察に通報して、沖田君は専称寺に帰った。

おっきー

妻や姉夫婦に大層、心配を掛けてしまった。

芽依子など、マドレーヌを持ってきて、駆けつけてくれた。

手作りだ。頑張ったな。

「叔父（おじ）さん、大丈夫？」

「うん。ありがとう。沖田君がいなかったらどうなったことかと思うけどね」

「そうなんだ。おっきー、やるじゃん！」

ついに沖田君がおっきーになってしまった。

沖田君は照れたように頭を掻（か）いている。

「要らぬことかと思いましたが」

「そんなことはない」

うん。マドレーヌ、美味しい。ちゃんと程良くしっとり。妻が淹れてくれた紅茶によく合う。

そして沖田君は私を買い被り過ぎだ。

恥ずかしくてもじもじしてしまうではないか。

「おっきー、沖田総司の素質あると思うよ！」

「ありがとうございます」

いや、芽依子。素質も何も本物だからね。

沖田君も喜ぶところじゃないだろう。

烏が何か言ったところで、君は君なんだから。

火を見る

　ちょっと火を見ていて頂戴、と言って妻が離れた間、沖田君は台所のガスコンロに掛けられていた鍋を見ていた。その顔はどこかここではない遠くを見るようだ。

「沖田君？」

　呼ぶと、はっとしたように私を見て微笑む。泣き出す一歩手前のような顔に、私はどきりとする。

「芹沢（せりざわ）さんのことを思い出していました」

「……」

　沖田君の記憶の暗部だろう。

「京に着く前。近藤さんが芹沢さんの宿を取り忘れたことがありました。元来、そういうことが苦手な性分（しょうぶん）ですからね、近藤さん。へそを曲げた芹沢さんが暖を取るという名目で通りで大きな焚火（たきび）を始めて」

　割と知られた話だ。

　芹沢鴨（かも）の暴君振りを示す一説。

　鍋の味噌汁が沸騰（ふっとう）しそうになったので、私が火を止める。沖田君はそれをじっと見ている。

へそを曲げた芹沢を宥めたのは沖田君だったとかなかったとか。

芹沢鴨はその後、暗殺されるが、その主犯格に沖田君の名前が挙がっていたりもする。

さんなんさんもその暗殺には参加し、彼は原田左之助と共に平山五郎の寝首を斬るのだ。

寝首を斬る……。

なぜだろう。今、私の手にその感触が生々しく感じられた。

旅行計画

沖田君には余り火を見せないようにしたほうが良いと、私は妻に言った。思えばインスタントラーメンの時も思い出すところがあったのかもしれない。それは妻が何気なく振るう包丁にもそうだったのかもしれない。

人の地雷は何か解らない。

沖田君は大抵、朗らかで些細なことを気にしない風であるが、時に遠い目をすることがある。

それはきっと彼が、過去や抱えるものに囚われている時なのだ。

一見、のほほんとした私たち夫婦にも蓋を閉じて、仕舞っていることがあるように。

夕飯は豆腐ハンバーグと葱と薄揚げの味噌汁、烏賊の刺身、豚と野菜の蒸し煮だった。

私は迷った末、純米吟醸を開けた。

豆腐ハンバーグからはじゅんわり豆腐の汁が出て、肉汁でなくとも食欲が出る。烏賊の刺身は今が旬である。こりこりとして、淡泊な味わいが涼やかだ。

沖田君にも盃を渡すと嬉しそうな顔をした。酒が好きというより、人と飲むのが好きなのだなと私にも解ってきた。浴びる程に飲んだりしない。いつもほろ酔い加減でうちを出るのが常だ。

うん。豆腐ハンバーグ美味しい。

最近、沖田君研究で口にする間食による、体重の増加を気にする私には嬉しいメインだ。

妻が差し出してくれるその間食がまた嬉しい甘味（かんみ）だったりするから、ついつい平らげてしまうのだ。

「そうだわ、貴方。今度、貴方の都合がよろしい時に京都に行きません？」

「また急だな」

「前から考えてたの。ね、沖田さんも一緒に」

沖田君は少し驚いたように目を丸くしていたが、首を横に振った。

「お二人だけで行かれてください」

京都は、確かに沖田君にとって良い思い出ばかりの土地ではないだろう。

「ご亭主も、行かれるんですね」

「そうなるね」

「……お気をつけて」

そう言いながら沖田君の口振りには、憂う気配があった。

彼は探るように見る私を誤魔化すように、これ美味しいですねと言って豆腐ハンバーグをぱくついた。

京都

東京から京都まで新幹線でおよそ二時間半。

土日と繋がる休暇をもぎとった私は、妻と二人で京都に来た。

幸い天候には恵(めぐ)まれた。急ぐ旅でもなし、私と妻は市バスと徒歩でのんびり移動した。

観光客で賑わっている。毎度のことだが外国人でもアジア系の旅行者が多いように思うのは、昨今の風潮だろう。

私と妻が向かった先は四条通。

老舗(しにせ)デパートや小粋(こいき)な店舗が軒(のき)を連ねる界隈(かいわい)で、妻は目を輝かせていた。

女性は京都での買い物が好きらしい。

和装小物で有名な『かづら清老舗(せいろうほ)』で、櫛(くし)をねだられた。

漆(うるし)に千鳥が螺鈿(らでん)細工で象(かたど)られている。

多少、値が張るがまあたまの機会だしと買ってやると、非常に喜んだ。


喧噪。

ざわめき。

嘗かつて血の嵐が巻き起こっていたこの土地に、沖田君がいたかと思うと感慨深い。
彼は今頃どうしているだろうかと思うと同時に、ちり、と胸が痛んだ。
なぜだろう。

京都を懐かしいと思う私と、忌いまわしいと思う私とがいる。
以前に来た時はこんなことはなかった。
首筋が痛い。
鋭利な刃物を当てられたように。

池田屋

その晩は池田屋で食事した。

そう、あの池田屋である。現在は池田屋事変を売りに和風居酒屋として売り出している。

妻がネットで調べてきた店は、新撰組を意識した内装だった。

メニューにも、新撰組の人気隊士たちの名前を冠(かん)した文字列が並び、私は目をしばしばする。

沖田君が来ても同じように目をしばしばするのではあるまいか。

鍋をつつきカクテルを飲みながら、私は落ち着かない気分だった。

「どうしたの、貴方?」

「うん。初めて来たなあと思って」

「それはそうでしょ」

「前は来なかったんだ」

「知ってるわよ」

そうだ。前は来なかった。いや、来ることが出来なかった。

私はそれが口惜しかったのだ――。

そこまで考えて正気に戻る。

何の話だ？

私は池田屋が今も商売しているなど、知らなかった。
だから以前、京都を訪れた時も来たいなどとは思わなかった筈だ。
ましてや来られなくて口惜しいなどということは。

何なのだろう、この違和感は。

不本意

泊まりはホテルだった。

出来れば祇園（ぎおん）で和風旅館などと洒落込みたいところだったが、如何（いかん）せん、先立つものに乏（とぼ）しい。そんな目が飛び出そうな豪気（ごうき）をする度胸はない。

京都駅近くのホテルだったが快適で、妻はアメニティ・グッズが充実していると言ってご満悦だ。

それは良かった。

さて人心地（ひとごこち）つくと気になってくるのは沖田君である。

専称寺で寝ているのだろうか。また悲しい夢を見て泣いたりなどしていないだろうか。

沖田君は池田屋で喀血（かっけつ）したと有名だが、それを疑問視する説もある。

そもそも、そこまで病状が悪化していた人間が、刀など振るえるだろうか。彼が何等（なんら）かの不具合を起こしたのは事実として（何でもすごい暑かったらしいし。藤堂平助（とうどうへいすけ）が鉢金（はちがね）を外しちゃうくらい）、血を吐いたとするのは殊更（ことさら）、話を美談としようとする風潮ゆえかと思う。

そう言えばさんなんさんも不調で池田屋には行ってないんだよなあ。

池田屋は新撰組が躍進した、言わば華の舞台である。

北辰一刀流の達人としてはさぞ不本意だったことだろう。

そうだ。

きっと不本意だったに違いない。

スローモーション

翌日は東山区の石塀小路を散策したあと、幕末維新ミュージアム・霊山歴史館に行った。

丁度、大河ドラマで西郷隆盛が主役を張っている関係で、西郷に関する事物が多く紹介されていた。

維新志士、新撰組隊士の史料も展示されていた。

天然理心流で使用されていた木刀と、通常の木刀も置いてあり、見た目の太さが明らかに異なり、持ってみると前者のほうがずしりと重い。

実戦仕様での作りとあるが、これで素振りや稽古をしていたのかと思うと、しがないオフィスワーカーの私には驚嘆するものがある。

お土産には竜馬の拳銃や刀を模したキーホルダーが売られており人気なのだなあとつくづく思う。

何だか懐かしいと思うのはなぜだろうか。

柄にもなく郷愁に浸っている私がいる。沖田君でもあるまいに。

あの木刀の重さが、手にしっくりと馴染み、まるでその昔、自分が振るっていたような錯覚さえ感じる。そんな筈もないのに。

妻はお土産物屋さんで「沖田さんに」と竜馬の拳銃を模したキーホルダーを買っていた。

え？　新撰組の彼にそのチョイス？

別に良いけど……。

きぃん、と私の中で耳鳴りがした。

次いで目眩がする。何なんだ、これは。


思い出さないほうが良いですよ。


ふと水面に浮かぶ泡のように沖田君の声が浮かぶ。

あれはいつのことだったたか。

泣き出す前のような笑顔で彼は繰り返した。


私の身体がぐらりと傾ぐ。

妻が驚きの表情で私を見ている。世界がスローモーションに流れていく。

久し振り

主君の前で、私は沖田君と稽古試合をしていた。

稽古試合とは言え、互いに真剣勝負である。実力が拮抗していると見られたのだろうか。

局長の思惑はよく解らない。

結果として稽古試合で勝ちを納めたのは私だった。

私は主君からお褒めの言葉を賜った。沖田君は悔しそうな顔など少しもせず、流石ですねと私に笑いかけたのだ。

やはり貴方には敵いません。

日頃より思うことだが、沖田君は私を買い被っている。


気付くと見知らぬ天井が目に入った。物憂い雨音が聴こえる。

降り出したのだな。こちらを覗き込む、心配そうな妻の顔。ああ、そんな顔をさせたくはないのに。

「貴方。大丈夫？」

「ああ。……ここは」

「病院よ。霊山歴史館で突然、倒れたから、救急車を呼んだの」

妻の後ろに眼鏡を掛けた、温厚そうな白衣の男性がいる。

「特に異常はないようです。お疲れが出たのでしょう。ご自身で、どこか具合の悪いところはありますか？」

「いや、ありません」

本当にないのだ。

寧ろ、意識がない間、熟睡していたようで、頭はくっきりとして、いつも以上にクリアーな気分である。私の言葉に、医師であろう彼は、満足したように頷いて、帰っても大丈夫との旨を告げた。それから看護師に呼ばれ、慌ただしく去って行った。

私は妻とホテルに戻り、湯に浸かってからホテルのレストランに行った。雨の音はまだ続いている。倒れたことで妻に心配を掛けたが、私は寧ろそれまで以上に元気になって、大いに食べて飲んだ。アボカドと揚げた湯葉、生ハムの入ったサラダなどはとりわけ絶品で、日本酒が進んだ。ワインも飲んだ。何だか妙に気持ちが高揚していた。私ではない私の思い出が胸に去来する。


「貴方、どうしたの？」

「え？」

「泣いてる……」

妻の言葉に、私はなぜか流れる涙に手を遣る。
明日には東京に帰る。沖田君に会うのだ。逢（あ）えるのだ。
――久し振りだ。

お帰りなさい

私は螺鈿細工の硯箱を開けた。雀が餌を啄む様子が青貝で象られている。

島原の夜は深々と更けている。脱藩の身の上だ。おいそれと郷里に文を出せる身ではないが、時折、このように届くかどうか覚束ない日々の徒然を書き記すのは、習い性のようになってしまった。先程、禿の紗々女が火は足りているかと顔を出した。濃やかな性分は生来のものか、長ずればさぞ立派な花魁となるのだろう。痛ましさと微笑ましさが同時に私の胸に生じる。土方君などには笑われるだろう、感傷だ。そこまで考えて私は、新撰組に思いを馳せる。臆しているのだろうか。私の目には、新撰組は膨張し過ぎたように見えてならないのだ。とりわけ、先の池田屋における活躍で、幕府や朝廷のみならず、この頑なな京の町まで我々を認め、持ち上げたことは、栄達に他ならないのだろうが、私には過ぎた光輝とも思えるのだ。

目を閉じて深く呼吸する。熱があるのか身体が気怠い。ここのところ、ずっとこんな風に不具合が続いている。総長の身として、池田屋にも参じることが出来なかったことは痛恨の極みである。

私にも増して、沖田君の身体を危ぶむ思いもある。

――労咳。

才気溢れる若者が、あの若さで。

さんなんさん、と懐っこく呼びかける彼の笑顔が今では儚いように思える。

何とか快癒して欲しいものだ。

行燈の灯りが私の影を長くする。誰の行く末も定かならず。

我々の行き着く先は何処だろうか。


京都土産と言えば生八つ橋だろう。

芸がないが、私は同僚や上司にそれを配って回った。そして休暇を取った分、溜まった書類の量を見て、些かげんなりした。あーあ、と思う。溜息を吐いても書類は減らないから仕方なく手を動かす。新撰組の巡察とかのほうが楽だったんじゃないかしらん、などと罰当たりなことまで考えたりする。したことないけれども。早く終わらせて帰りたい。

私が急ぎ、帰宅すると、長くなった日が縁側で談笑する沖田君と妻を照らしていた。淡いオレンジの光が、二人を包んでいる。それを見た時の私の心情をどう表現すれば良いのだろう。例えるなら自分の血肉を分けた人たちを見たような。

大袈裟だが、そんな感慨が込み上げた。私に気付いた二人がお帰りなさいと言う。

お帰りなさい。

ああ、沖田君だ。
生きている。いや、生きてないのだけども。
ともかくも、笑って私の目の前にいる。
それが何より肝心（かんじん）だった。

塩豆大福

「京都はいかがでしたか」

妻が場所を譲ってくれた沖田君の隣に、私はいる。沖田君のにこやかな問いかけに、私は塩豆大福をもにょーんと伸ばして食べながら、答える。

「うん。楽しかったよ。池田屋にも行ってきた」

「池田屋……」

「そうそう。今も居酒屋やっていてねえ。見て、これ」

じゃん、とばかりに私が取り出したのは、沖田君のアニメ風イラストが描かれたコースターだった。ちゃんと沖田総司と書いてある。これが意外に沖田君のイケメン振りと重なる点があるから面白い。沖田君はきょとんとしている。自分が商業活動に一役買っているなどとは思っていないのだろう。

「いやあ、知ってはいたけど、沖田君は人気があるねえ」

「はあ」

「留守中は変わりなかったかい」

幽霊である彼にこう尋ねるのも可笑しな気がするが。

「六本木ヒルズを散歩したりしてました」

以前、賑やか過ぎるとか言ってなかったっけ。寂しかったのかな。

「そうかあ」

塩豆大福を発明した人は偉(えら)い。甘さと塩の絶妙なハーモニー。

漉し餡だが、まあそれも良い。この場合は適している、という感じがする。


「君と剣術稽古をつんだりしたことを思い出したよ」

「そうですか」

「うん。あの頃はまだ、自分が京に上ることになるだなんて考えもしなかった」

「僕もです」


あれ。

私は今、何を言ったのだろう。何かを言って、それに違和感なく答える沖田君がいた。驚きもせず、長年の知己(ちき)であるかのように。

沖田君を見ると伏し目(ふしめ)がちに緑茶の水面を見ている。睫毛(まつげ)が長いなあ。

当時もそんなことを思ったような。

いや待て待て。当時っていつだ。

どうにも座り心地の悪い椅子に収まっているような心境で、首を傾げる私を、緑茶から視線を移動させた沖田君が見ている。色の薄い瞳は、子供を見守る母親のような趣があった。

紫陽花

沖田君の容態が芳しくない。労咳特有の、透き通るような顔の白さは元来の彼の白皙をより一層、際立たせる。医者にはあと二年と言われたらしい。新撰組を離れ、養生すればまた別の話らしいが、沖田君はそんな状況に甘んじないだろう。屯所の庭に咲く紫陽花が雨に打たれてより色香を増している。沖田君もまた、同じ花を見ているだろうか。余りしつこく見舞ってはと思い、遠慮しているが、彼が気に掛かるのは仕方のないことだ。目を瞑ると祇園祭の賑やかな囃子の音色が蘇る。池田屋の件があった夜。京は祭りの熱気に浮かれざわめき、常ならぬ状態だった。それゆえに、新撰組も隠密裏に動くことが出来た。

近藤さんの養子となった周平は、池田屋で醜態を晒したと聴く。それを、彼の兄である谷三十郎が沖田君のせいにしているとか。気の重い話である。

沖田君は周平君に良かれと思いこそすれ、画策して陥れようなどとは露程も思うまいに。谷の主張を容れるような近藤さんではあるまいが、私は正直、不快だった。

そもそも、周平君は近藤さんの跡を継げる器ではない。遣い手としても凡庸である。

土方君などは最初から相手にしていない。

――私もまた、土方君の眼中にないのだろう。

紫陽花の色がやけに目に沁(し)みる。


緑茶を飲みながら、私は雨の音を聴いていた。

書斎の本棚には新撰組関連の本が増殖(ぞうしょく)しつつある。池田屋事変の際、新撰組の屯所はまだ西本願寺ではなかった。隊士の増加により、西本願寺に移ったとされるが、西本願寺は長州とも繋がりがあったらしい。中々、複雑である。大砲や射撃の演習を行ったそうだが、寺としては迷惑だっただろう。それでも、新撰組を受け容れるあたり、池田屋事変を経た後の新撰組の威容(いよう)の高まりが窺(うかが)い知れる。

今夜の妻からの差し入れはチョコチップクッキー。

さくさくした生地の歯応(はごた)えの中、ごろりとチョコの塊(かたまり)が入って口の中で甘さが溶ける。

相変わらずの高カロリーチョイス。

良いんだ、ダイエットは明日からするから。


ふと書斎の窓の外を見る。

黒を遮(さえぎ)る白銀の糸。

紫陽花はなかっただろうか。

なぜかそう思う私がいる。

ポテトチップス

ようやく仕事も落ち着いてきた。

時折、汗ばむような陽気となる日もあって、季節の移り変わりを感じる。

帰路、烏が石塀に留まって私を見ていた。

意外に艶々(つやつや)して綺麗な目と目が合う。

まるで私を待っていたかのようだ。

「封(ふう)が一つ解けたな」

やはり例の喋(しゃべ)る烏だった。意味不明のことを言う。

「積年の、願いは叶(かな)うぞ」

そう言われてどきりとする。

積年の願い。思い出す、妻の嘆(なげ)き。今では考えられない、陰鬱(いんうつ)な空気が我が家を覆(おお)っていた頃。

「だがその時には、沖田総司は消えるだろう」

「――――何？」

「あちらもこちらも、両方は得られない」

「どういうことだ」

問い質(ただ)すが、烏は言うだけ言って飛び去って行ってしまった。

積年の願いが叶う。

沖田君が消える。沖田君が……。


家ではいつものように、妻と沖田君が縁側で談笑していた。沖田君の姿を見てほっとする。いつか昔、似たような危惧を感じたように思う。沖田君がいなくなるような。私はその時、この朗らかな青年を喪うのは嫌だと、そう感じたのだ。強く。

妻が夕飯の準備に向かい、私は沖田君の隣に腰を下ろす。すっかりこのパターンが出来上がってしまった。本日のおやつはポテトチップス。飲み物は牛乳だ。たまにはこんなのも良い。ポテトチップスはサワークリームとオニオンの風味が効いて、あとを引く。

いかん。ご飯が入らなくなる。

「沖田君」


ぱりぱりむしゃむしゃ。

「はい」

「君はいなくなったりしないよね?」

沖田君の目が真ん丸くなる。

ぱりぱり。

「目下、成仏の予定はありませんが……」

うん。安心して良いのか、心配するところか。

「いつまでもこのままでいたいものです」

「いれば良い」

沖田君は笑った。それはひどく純度の高い笑顔で、私はなぜか、胸が苦しくなったのだ。

沖田君、女装をする

私は事態の把握に努めようとした。頑張った。

目の前には大柄な女性物の衣服。


「お義姉さんからお借りしたのよ」

「何で？」

「だから、沖田さんに着てもらおうと思って」

「どうして？」

「きっと似合うからよ」

「どうして？」

「イケメンは女装する運命にあるのよ」

知らなかった。

今日は休日。芽依子までやって来て、化粧ポーチを開けている。

哀れ、女性たちの好奇心の犠牲となる沖田君一人が目を点にしていた。

身体を締めつけない白いロングワンピース。

「叔父さん、おっきーを着替えさせてよ！」

「これ、頭からだぼっと着せれば良いのか」

「そうそう。それで、背中のファスナー上げて」

すごく気が重いが、女性陣の迫力に抗し切れず、私は沖田君とワンピースと共に寝室に行った。沖田君、まだ目が点だ。可哀そうに。

そうして着替えた沖田君。男性にしては小柄なこともあり、ワンピースは何とかサイズの適用範囲だった。

それから妻と芽依子によるメイクが始まる。可哀そうに。


「きゃあああああ」

「いやあああああ」


別に暴漢が押し入った訳ではない。

女装を終えた沖田君を見た妻と芽依子の歓喜の叫びである。連続して響くデジカメとスマホの撮影音。

そこには儚げな風情の美女と見紛う沖田君。

睫毛も長いのでマスカラ効果抜群だ。ああ、泣く子も黙る新撰組一番隊隊長が。着せ替え人形と化した沖田君に、私はひたすら心中で詫びた。

愚痴と背徳

総長、と呼ばれて振り向く。またかと思う。池田屋の件以来、近藤さんの増長が隊士たちの目に余るようになり、時折、私の元に相談に来る。私は形ばかりの総長。単なる飾りに過ぎないと言うのに。沖田君を見舞うついで、つい、そんな愚痴をこぼしたら、沖田君は笑って人柄でしょう、と言った。白皙の、透き通るような笑顔が、彼の病を否応なく物語るようで、私は胸が苦しくなった。

私の知らぬ間に、永倉君、原田君、斎藤君、島田君と葛山武八郎ら六人が、会津侯松平容保に近藤さんの非行を訴え出たそうだ。何とも大胆な真似をする。

会津侯の斡旋で、六名と近藤さんの和解は成ったそうだが、後に近藤さんは彼らに対して厳しい報復人事に出た。

以前の近藤さんであれば、違ったのではないか。

華々しい栄達は、人をより悪く変えてしまいもするのだろうか。

近藤さんや土方君に関する苦情は、なぜか病身である私や沖田君に寄せられた。

私たち相手であれば、気安く接することが出来るのだろうか。

いずれにせよ、今後の新撰組が気懸かりでならない。

メイク落としって大変なんだな。

化粧を洗顔して落とす沖田君にタオルを差し出しながら、私はしみじみと同情した。うっかり沖田君が目をごしごし擦ったら、マスカラが、飛び散った墨汁みたいになって、私は「うーあー」と叫んでしまった。端整な顔立ちが台無しである。芽依子が沖田君の女装写真をツイッターに載せると言うので、そこは断固と厳しく禁止しておいた。

可哀そうじゃないか！

そんなこんながあった夜、いつものように書斎に籠り、私は資料を読んでいた。書かれてある人物像は、資料によって微妙に違いがあり、興味深い。例えば槍の名手として知られる谷三十郎は、横柄な人物として描かれがちだが、一方で、家柄が良く、刀槍に優れ、親切とする資料もある。

余り人柄としてぶれないのはさんなんさんや沖田君だろうか。

剣の達人で、両人とも、どこかしらおっとりした風情があるように感じられる。

多分、部下から慕われてたんじゃないかな。

さんなんさんはどうして切腹したんだろうなあ。
現代人の感覚では、お腹を切るという行為自体が、ちょっと理解し難い。
だって痛いじゃないか。
痛いのって、嫌じゃないか。
美味しい物も食べられなくなる。

そして私は真夜中のアンドーナツという背徳の味を味わいながら、緑茶を飲んだ。
餡子が、油に揚げられた身に包まれて慎ましく私の口に入る。

鳥が笑う

ふんふん、と鼻歌を歌っていると、同僚からご機嫌ですねと言われた。

だって今日の夕飯は我が妻特製グラタンなのである。

それもホワイトソースから作る本格派だ。

ホワイトソースを約二十分、フライパンの前に立ちっ放しで掻き混ぜ続けるというのは、大層な労働だと思う。

妻はその間、気を紛らわす為にラジオをつけたり歌を歌ったりしている。

今日は沖田君がいるから、話し相手には不自由しないだろう。

若干、スキップするように歩きながら、私は我が家に向かった。

暮れ方の景色はまだ遠い。季節の巡りを感じる。

もう少しすれば夏になり、暑い暑いと言っている間に秋が来て、秋の日のヴィオロンの～とか言いながら冬を迎え、年が改まるのだ。今年の年越しは沖田君も一緒だ。まさか除夜の鐘を突く為におうち（専称寺）にいるとは言うまい。一緒に蕎麦を食べ、屠蘇を飲み、おせちや雑煮を食べるのだ。こうして未来を思い描くのは楽しい。未来を心待ちに出来るという事実が嬉しい。

良い匂いがしてきた。牛乳混じりの、人を甘やかすような。

台所で妻がグラタンに入れる海老を炒めている。ジュー、ジュー、という音。

おお、最終段階だな。

その後ろで沖田君が物珍しそうにそれを見守っている。彼はグラタンの味を知るまい。我が家で洗礼を受けると良いのだ。鎖国が愚かだったと解る。ふっふっふ。あ、彼は西洋好きだったな。なら、ますます良い。

私はいそいそと赤ワインの準備をする。

妻がグラタンの入った耐熱皿をオーブンに入れる。やれやれ、と一段落ついた顔の妻に、私はグラスを差し出した。

嬉しそうに妻が笑う。

「ありがと」

「沖田君も」

「はい」

「あれ、赤ワイン、初めて?」

「そうですね」

「美味しいよ」

「はい。……赤いですね」

血を連想させてしまうだろうか。

しかし私のそんな心配を余所(よそ)に、沖田君はくいくいとグラスを干してしまった。いけるじゃないか。

妻もほんのり、頬を桜色に染めていて可愛い。

「沖田君、クリスマスと正月の予定は？」

気が早いが、つい、訊いてしまう。クリスマスって何のことか解るかな。

「うち（専称寺）にいると思います」

「それは駄目だよ。我が家に来なさい」

「よろしいのですか？　ご夫婦水入らずのところを」

「ぜひ、いらっしゃいよ。沖田さん。沖田さんがいれば、楽しいわ」

妻も言う。

その時、庭から烏の大きな鳴き声がした。

来年の話をすれば鬼が笑うと言う。

あの烏も笑っているのだろうか。明るい未来を語る私たちを。

そうこうしている内に、香ばしい匂いが立ち込め、チン、と明るい音がした。

夢

島原は不夜城である。同時に、女たちの苦界でもある。

屯所にいれば詰まる息を、ここに来ることで紛らわせようとしている私は、そうした女たちを軽んじているのかもしれない。苦界を休息の場所とする。

馴染みの芸妓もいるにはいたが、私はここで一人、夜を明かすことを好んだ。店主もそれを承知の上で、紗々女だけを寄越す。

多くの死を、私は見てきた。

或いは敵であり、或いは味方であった者の命が散りゆく様を。

私は総長という肩書のみ重く、余りに無力だ。

近藤さんの変貌も、土方君の冷酷も、止めることが出来ない。

そして、沖田君の病も。


ちょっと食べ過ぎたかな。

私は、グラタン腹になったお腹をさすった。実に美味しかった。マカロニ、海老、鶏肉、マッシュルーム。ジュワジュワと炒められて混ざり合ったそれぞれの素材の味。ホワイトソースはまったりまろやか、やはり絶品で、私は良い妻を持ったと思う。沖田君も気に入ったらしく、大いに食べていた。赤ワインのボトルは、瞬く間に空になった。

夢を見た。

ふわふわと空を漂(ただよ)っている。
下には夜の町に灯(とも)る灯りが星のようだ。
おかしいなと思った。
なぜ、夜なのに、こんなに明るいのだろう。
そう考えて腑(ふ)に落ちる。
そうか、ここは島原か。眠らない不夜城。懐かしい。
下界ではあのようであったものが、上から見るとこのように見えるのか。
何とまあ、人の命の小さきことよ。
紗々女は息災だろうか。

赤子を、無事に産んでくれただろうか……。

赤ん坊

うーん。

何か重要な雰囲気の夢を見た気がする。思い出そうとするとそれは紗(しゃ)が掛(か)かったように霞(かす)み、遠くなるのだが、切実な心だけはリアルに残っている。どんな夢だったんだろう。そう言えば一時期はあの子の夢ばかりを見た。目覚めると悲しく、遣る瀬無くなった。最近はそれもなくなっていたのだが。

私は書斎でアルバムをめくる。

妻や芽依子が撮った沖田君の写真をプリントアウトしたものだ。そこには色んな沖田君がいる。女装した沖田君もいるんだけど、これってどうなんだろう。本人に自覚のない黒歴史だよな。

まあそれはそれとして。

アルバムを片付け、再び資料に目を遣る。

さんなんさんは元治(げんじ)二年二月二十三日に亡くなっている。享年(きょうねん)三十三歳。沖田君程ではないが、若い。係累(けいるい)とか縁者(えんじゃ)とかいなかったのかな。沖田君のように好いた女性の一人くらい、いてもおかしくないと思うのだが。華々しい活躍をした新撰組の総長だから、モテただろうし。

生真面目そうな印象があるから、無闇に女性と関係を持たなかったのかもしれない。そう言えば赤ん坊は無事に産まれたのだろうか。私はそこまで関知していない。する前に私は……。

ん？

赤ん坊って何だ。
どうしてさんなんさんに赤ん坊がいる前提で、私はものを考えていたのだ。
縁もゆかりもない人なのに、おかしな話だ。

なぜか、私の脳裏に禿姿の女の子が、鮮やかに浮かんで消えた。

恋愛事情

澄んだ鈴の音色が聴こえる。紗々女の着物の袖口から下がった銀の鈴の音だ。

芸妓のつま弾く三味線などより、私はこの音を聴くのが好きだった。空が白んでくる。長い夜が明ける。日本の夜明けはいつだろうか。それを見る為に、私は、私たちは奔走しているが、思惑は種々様々で、藩により、人により、それぞれ異なるものを視野に置いている。そしてこのところ、尊王派である私と佐幕派である近藤さんとの思想の差異、西本願寺への屯所移転問題における土方君との衝突があり、それらのことが私を憂鬱にさせていた。身体は相変わらず不調で、思わしくない。刀傷がもとでの病がこうも長引くとは思わなかった。

さんなんさんのようなお方に、落籍してもらいとおす。

紗々女の言葉と、それを言った時の澄んだ眼差しが蘇る。所謂、身請けを私に乞うたのだ。私のものになりたいと、一途に恋い慕ってくれる少女をいじらしく思うが、まだ紗々女は幼い。私への恋慕は、淡い初恋のようなもので、遠からず消えゆくものだろう。私は紗々女の黒髪をそっと撫で、もっと立派な方を探しなさいと言った。すると紗々女は真剣な顔で、私の他に、そんな人はいないと言ったのだ。行燈や煙管箱、文机や赤い褥が、次第に朝の光に染め上げられていく。

紗々女を明るく染め上げるのが私であれば、紗々女の願いを聴いてやりたいとも思うのだ。

オールドファッションと牛乳の組み合わせって最高だと思う。甘さと油、それにさっぱりした牛乳を飲んで後味が良い。

私は資料を見ながら妻からの差し入れに舌鼓を打っていた。良いんだ。ダイエットは明日からだから。前もそんなこと思ったような気がするけど。

沖田君が昔もモテたということを証明するようなエピソードがある。

近藤勇の養女に気が強く、男勝りのコウという娘がいた。女性ながらに佩刀していたそうだ。ところが彼女、沖田君に惚れて、刀を捨て身の周りの世話をするので妻にして欲しいと望んだ。沖田君はこれを固辞し、コウは自害を試みたが果たせず、後、他家に嫁いだという。沖田君が二十三歳の頃のことだ。

いやあ、モテる男は辛いねえ。

微笑ましいような、妬ましいような、そんな思いで私は牛乳を飲んだ。チョコレートドーナツも食べたいなあ。どうしようかなあ。

さくらんぼうゼリー

今日は初夏の陽気だ。一昨日なんかは肌寒(はださむ)かったのに。最近の気候変動振りには戸惑(とまど)うばかりである。私はスーツの上着を左腕に提げ、だらだらと歩いていた。汗ばんだ肌に風呂が恋しい。私は夏でもシャワーより湯船派である。咽喉が渇いたなあ。日没(にちぼつ)までまだ間があり、涼(すず)しい日陰(ひかげ)が乏(とぼ)しい。家に帰るまでの我慢だ。こりゃ新撰組の隊服を着るのも、相当、難だぞ。暑い中でやっとうをやるなんて、現代人の私から見れば狂気(きょうき)の沙汰(さた)である。かと言って、では寒い中なら良いかと言えば、手がかじかむじゃないか、と思う。出来れば爽やかな風の吹く適温な日に、事を構えるのがベスト、などと思う時点で、既(すで)に私は士道不覚悟(しどうふかくご)なんだろう。沖田君はともかく、とりわけ稽古熱心で汗を流していたという鬼の土方副長などが聴けば、にょきにょきと頭から角を生やすに違いない。だが彼は、ああ見えて存外、気配りのある、情の深い面もあった。

家に帰れば風鈴(ふうりん)の音色に出迎えられた。早い気もするが風流である。

妻と沖田君が縁側で並んで、さくらんぼうの入ったゼリーを食べている。

ずるい。

私にも、と言うと、はいはい、と妻が立ち上がる。沖田君の隣ポジションの交代である。

私が妻のほうを向いている時だった。

ふ、と影(かげ)が射(さ)したように思った。ぴり、とした殺気を感じた。


ああ、この感覚を私は知っている。


私は頭を介(かい)さず、身体を動かした。

沖田君の右腕を捉(とら)え、くるりと力の反動を利用して押さえ込む。彼の、身動き出来ない角度に手首を固定して。

妻が驚いた顔で私たちを見ている。

「お見事!」

対して、沖田君は押さえ込まれながら嬉しそうだった。事態を呑(の)み込んだ私は驚くばかりだ。

彼は、鞘(さや)に入れたままの刀を私に振りかざしたのだ。そして、その気配を察した私が、その攻(せ)めを封じた。


いや、待て待て。私にそんな芸当なんざ出来る筈がない。どうなっているのだ。

「昔も柔術(じゅうじゅつ)がお得意でしたね」

私から解放された沖田君がにこやかに言う。いつの話?
私はぷるん、としたゼリーを小匙(こさじ)で突いて、首をひねった。

まるで

今日は暑いから素麺（そうめん）と、出前の寿司（すし）を取った。

冷や酒をきゅいと飲みながら、これらを頂く。素麺の涼しい咽喉越（のどご）しの良さが、季節を伝える。寿司は近所の店の物で、味の良さは折り紙つきだ。サラダ巻き、納豆（なっとう）巻きなどから平目、トロ、いくらなど。上握りでなくても雲丹（うに）までついているのだから、気前が良いなあと思う。素麺に浮かんだ青い楓（かえで）の葉と赤いさくらんぼうが好対照の色合いだ。ひとっ風呂（ぷろ）浴びてさっぱりした私はほくほくして飲み食いしていた。

「それにしても、貴方に合気道の心得があったなんてねえ」

「ん？　合気道？」

「違うの？　さっきの、沖田さんにやったのってそうでしょう？」

「そんなようなものです」

私ではなく、沖田君が、なぜかにこにこして答える。私にその方面の心得など全くないのだが。達人である沖田君を、例え手加減されていたとは言え、どうして組み伏せることが出来たのか。不思議である。トロ、最高。この脂身（あぶらみ）！　まさにとろける。

合気道かあ。

そう言えばさんなんさんは、柔術の達人でもあったっけ。

剣で修めたのも北辰一刀流や天然理心流だけではなかったし。そして新撰組においては土方歳三とは異なるブレーンのような存在だった。多芸な人だったんだな。私と土方君は、今でこそ犬猿と見なされているようだが、妙に馬が合うところもあったのだ。馬が合うと言えば。

「沖田君は斎藤君とも仲が良かったね」

「はい」

「一緒に小道具屋を見て歩いたりしていたね」

「つき合わされたんですよ」

沖田君が苦笑する。しかし、本当に嫌であれば彼は人に迎合しない。やはり仲が良かったと言えるのだろう。沖田君と斎藤君は、隊中双璧と謳われる使い手だった。だがその剣の在り様は全く異なり、沖田君が陽とすれば斎藤君は陰、沖田君が軽とすれば斎藤君は重であった。気質も朗らかで子供好きな沖田君に対し、斎藤君は寡黙で無愛想だった。この二人が連れ立ち、往来を歩いていたのは面白い。

うーん。純米吟醸のきんと冷えて何という美味か。馥郁とはまさにこのこと。

「貴方、まるで斎藤さん？と、知り合いだったみたいな言い方ね」

「別に不仲ではなかったよ」

「そうですね」

妻が妙な顔をしている。

どうしたんだろう。

思えばもう、この頃から私はおかしかったのだ。全てが明らかになった時になって、私はそれを痛感する。しかしそうなるまでにはまだ、時を要した。

身籠ったと聴いた時には青天の霹靂だった。

ただ一度、と乞われて、私は紗々女と契りを交わした。まだ禿である紗々女とそのようになるからには、紗々女を身請けする心積もりで、店とも話をつけていた。屯所近くに小さな家を買って紗々女が住めるように備えた。まだ幼い紗々女の、願いを容れるべきか否か、私は悩んだ。これでも新撰組幹部の一人、総長である。立場に恥じぬ行いを心掛けなければならない。

結局、懇願に負けた。

剣術や柔術であればなまなかなことでは負けない自信のある私だが、苦界にありながら、まだ汚れを知らぬ澄んだ童女の眼には、勝てなかった。

うちはお側はんでよろしいんどす。

紗々女はそうも言ってのけた。つまり、私の正妻になる気はないのだと。

その言葉が私の胸を打った。そうして私は、赤い綸子の褥の上で、紗々女と一夜を共にした。

監察方の山崎君は私と紗々女の事情を知っていた。

紗々女が身籠ったことを知らせてくれたのも彼だ。私はその時、丁度、臥せっていたのだが、思いがけぬ事態にただ、瞠目した。まさか自分が人の親になろうなどとは、思いも寄らない。何となくこのまま、里とも疎遠で孤独に生を終えるものとばかり考えていた。

子が出来るというのは不思議だ。

身の内から思いも寄らない感慨と、力が湧く。

総長の肩書に相応しくならねば。

如何ともし難い疎外感や確執と、折り合いをつける必要がある。

チョコレートブラウニー

人は一日の内に変容する。

その変容を、毎日、繰り返す。同じようでいて異なる日々を生きる。

元治という年号は文久の後。1864年から1865年の間、僅かな期間だ。

だがその僅かな期間の内に、新撰組内部の人たちは、きっと目まぐるしく生きていたのだろう、とゆとり世代ではないが、それでものほほんとした現代日本人の私は推測する。芹沢鴨の死後、組織としての形態を整え、集団として膨張した。

くーるくーると私はペンを回す。

それだけでは飽き足らず、書斎の、自分が座っている椅子を回し始める。回転運動によって、自分の脳みその動きも活性化しないだろうかという、虚しい試みである。

宝蔵院流槍術を修めた谷三十郎が、幅を利かせ始めたのがこの頃。と、言うのも、当時、近藤勇が谷三十郎の弟を養子とした為である。谷家は家柄も良く、近藤はこれを足掛かりに老中に取り入ろうとした節がある。近藤の増長癖が出るのはこのあたりだろうか。

そして公の政局・戦局では公武合体派（会津・薩摩藩）と尊攘急進派（長州藩）の全面対決、禁門の変（蛤御門の変）がある。新撰組には初となる本格的参戦だ。炎上した長州藩邸の延焼から京の町は燃え、その火災は四日間にも及んだと言う。

この頃、伊東甲子太郎も既に新撰組にいた。

イケメンだったんだよなあ。


ルイボスティーを飲み、チョコレートブラウニーを食べながら私は伊東さんを思い描く。沖田君とはまた違った、端整な面持ちの男性だった。腕も確かで、ただ、爽やかな弁舌に、些かの軽みがあり、そこを土方君は軽薄と捉えていたようだ。


近藤さんが惚れ込んで新撰組に勧誘したのだが、双方の思想に若干の食い違いがあった。それがやがて大きな亀裂となるのだが、その頃には私はもう――――。

チョコレートブラウニーって甘さが程良くて、ざっくりとした歯触りが病みつきになるな。

ええと、それで何を考えていたのだっけ。

最近、こういうことがよくある。

気付けば違う私が私の代わりに思考しているような。
何とも言えない妙な心地である。
鈴蘭（すずらん）型の電気スタンドの暖色を、見るともなしに眺（なが）める。

この、夕暮れめいた温（ぬく）もりある色は、私をずっと昔に連れて行くように思う。
島原の行燈（あんどん）に似た色だからだろうか。
いや、行燈の色はもっと薄暗（うすぐら）い。仄（ほの）かで優（やさ）しい。
こうした優しさを、赤ん坊に教えてやりたかった。
紗々女の子がどうなったのか、私には知る由もない。
或いは妻と同様であったなら、という怯（おび）えもある。
いずれにしろ私は、自分の子を見ることが叶（かな）わなかった。
紗々女の子も、そして妻の子も。

羊じゃなくて執事

ぶくぶくぶく〜と湯に沈む。

何か最近、疲れている。仕事はそんなに立て込んでいないんだけど。

今日は雨降り。急に冷えて、妻が寒い寒いと言って五本指ソックスを出していた。

読めない天気模様である。私はのんびり湯に浸かって、出所の解らない疲れを洗い流した。

頭が重いんだよね。何なんだろ、これ。

夕食より先に風呂を済ませてリビングに行くと、芽依子が来ていた。試験から解放されて時間と暇があるらしい。学生さんは良いね。

「羊になりたくはありません」

「羊じゃなくて執事だってば」

沖田君と何やら問答している。芽依子の手には――――。

事態を把握した私は、思わず溜息を吐いた。

芽依子の手には執事服一式が抱えられていたのである。どこから調達してきた。

女装で味をしめたのだろう。妻もまた、芽依子ほどではないものの、期待の表情で沖田君を見つめている。

女性のこういうところって、解らない。

コスプレってそんなに良いもんなんだろうか。

やいやい言い合っていた二人だが、ついに沖田君が折れた。

何だか可哀そうだ。

そして私は再び、彼を着替えさせる係を仰せつかった。

着替え終えた沖田君。


……何かこういうアニメがなかったっけ。

濃い紫のネクタイ、銀色にアメジストっぽい石が光るネクタイピン。ベストに、極細のストライプが入った上着。

そこに沖田君の眩しい顔立ちが乗っかれば、女性陣には破壊力抜群だろう。

「きゃあああああ」

「いやあああああ」

あれ、デジャブ……。

妻と芽依子、執事と化した沖田君の撮影に夢中である。

「……ねえ、晩ご飯は?」

「ちょっと待って!　今が天下分け目、関ケ原なのっ」

意味が解らないよ。

沖田君が女性たちの生贄となった日の晩、私はいつものように書斎に籠って沖田君の研究に励んでいた。もちろん、今日の出来事も書きつけている。彼にとっては黒歴史だろうけどね。

性格に見合ったものかどうかは知らないが、沖田君の剣は突きがとりわけ秀でていたようだ。突き技には防御に劣るという見方も多いが、その分、攻撃に勝るとも言える。これに秀でるとは、新撰組に適した人材だったのではないかと思える。いや、あの時代に適した人材と言うべきか。いずれにしろ彼が剣技において突出した武士であったことは、諸文献が明らかとしている。天賦の才、とは、彼のようなことを言うのだろう。

沖田君の病が知れた時の、新撰組内部の心情を推し量るに、余りあるものがある。


カルーアミルクにウィスキーボンボンかあ。

妻は私を応援しているんだか、眠らせたいのだか。

くぴりとカルーアミルクを飲み、ウィスキーボンボンを口に放ると、良い心地になる。

「あまあ。うまあ！」

意識がとろりとしてくる。研究に必要な思考の怜悧が置き去りにされていく。

ああ、三味線の音が聴こえる。

初めて紗々女に逢った時、太夫(たゆう)の隣で畏(かしこ)まって座っていた。まるで人形のようだと思ったものだ。貧困に喘(あえ)ぐ農村では、多くの女たちが身売りの憂き目に遭った。紗々女もまた、そのようにして売られた一人であったのだろう。最初に印象に残ったのは、紗々女がひどく冷えた目をしていたからだ。玻璃(はり)のような眼であった。そうでなければ生きていけないのだと思い、胸が痛んだ。しかし私の憐憫(れんびん)の情は、紗々女の癇(かん)に障(さわ)るものであったらしい。紗々女は仔猫(こねこ)が敵を威嚇(いかく)するように、私を睨(にら)んだ。私は紗々女の高い矜持(きょうじ)を知り、恥じ入った。

まさか幼い娘に気圧(けお)されるとは思わなかった。

私はふと、沖田君を思った。恋仲にある娘と語らう彼は、剣客と言うより無邪気な一青年だった。

女というか弱くも芯(しん)のある存在に、男は最初から負けているのかもしれない……。


大学ノートの上に、ぽたりと雫(しずく)が落ちた。

妻が妊娠した時、私の胸は躍るようだった。

妻が流産した時、私は奈落(ならく)の底に落ちたような気分だったが、妻の絶望はそれ以上だったであろう。

ソフトクリーム

何だかよく解らない空模様だなあ。

晴れと曇りの中間のようである。空気が、太陽と雨の気配と、双方を抱えている。

妻は迷ったようだが物干しスタンドを庭に出していた。降ってきたらすぐに取り込んで、と私は指示を受けている。日曜の昼間は勤め人の精神が弛緩すること甚だしい時間帯である。私も例に洩れず、沖田君の隣でごろんと寝そべり、子供のように足をぶらぶら揺らしていた。沖田君は呆れたような微苦笑を湛えている。

良いじゃないか。休日だもの。

スーツという戦闘服を着なくて良い。

「国勢について論じたりとかしたかね」

足をぶらぶらしながら、暇潰しのように私は沖田君に訊いてみる。

尤も沖田君は憂国の士というより、剣客というイメージだが。

「伊東さんなんかはよく論じてましたが。私は余り。土方さんがしかつめらしく隊の将来を考えているのをそっちのけで子供たちと遊んだりしてましたし」

「君らしいね」

伊東甲子太郎はどこまでも勤皇派だった。やがて近藤勇らと袂を別ち、殺害されるに至る遠因もそこにある。彼の分派は一種の試金石だった。つまり、誰が近藤勇派寄りを貫き、残ろうとするか。振るいに掛けられた末、伊東について行った藤堂平助は言わば近藤たちにとっての身内のようなものであり、そこは土方にも誤算だっただろう。死なせたくないと思いながら、手を下さずにはいられない状況だった。

沖田君は藤堂君と仲が良かった。
辛かっただろうな。
あの、動乱の時代。
惜しいと思う命が幾つも幾つも消えた。命の火を踏みにじるように消された。
時代の過渡期の宿命だったとは言え、流れた血の何と多かったことか。

ソフトクリーム美味しいな。

妻が買い物に出る前、私と沖田君にソフトクリームをあてがってくれた。バニラとチョコのダブルである。縁側で寝そべってソフトクリームを食べる。この自堕落が最高である。食の楽しみは小難しい思考や感傷を押し流す力を持つ。
何を考えていたか、途中から忘れてしまったけれど。

忘れるくらいだから大したことじゃないんだろうな。

根雪とミルフィーユ

貴方を斬ることは出来ないと、沖田君は言った。

私は笑って、それは腕前（うでまえ）ゆえかね、それとも心持ちゆえかね、と尋（たず）ねた。

沖田君は沈痛（ちんつう）な表情で、両方です、と答えた。

寒い夜のことだった。

私はしばらく沈黙して、雪になりそうだな、と言った。


雪が降り、積もって、例え根雪となろうとも、いずれは必ず春が来て、雪融（ゆきど）けを優しく促（うなが）すのだ。人の世もまた、そのようにしてある。いや、あらねばならぬと、私は考える。


おかしいな。

しんしんとした夜の中、なぜか祇園祭の祭囃子の音が聴こえる。池田屋の件を、私はまだ引き摺っているのだろうか。病床（びょうしょう）でこの楽を聴いた。

あの、明るく賑やかで、そしてどこか物悲しい音色が、冬の夜、私の耳に響いてならないのだ。私は夢でも見ているのだろうか。

夢を見ていたようだ。

私は書斎の机に突っ伏していた。肩にはカーディガンが掛けてあり、机上にはコーヒーとミルフィーユが置いてあった。妻が来たのだろう。

ミルフィーユの何段にも重なった層は、人の記憶にも似ていると思う。地層のように、記憶は脳内に積み重なってゆく。誰の頭にもミルフィーユのような層があり、時折、層をめくっては、往時を偲(しの)ぶのだ。

食べにくいんだよね、これ。見た目と名前は洒落てるけど、食べようとすればぼろぼろと崩れる。いっそ、むんずと鷲掴(わしづか)みにして喰(く)らいつきたい。大人だから、しないけど。

土方君が見たら眉間に皺を刻みそうだし、沖田君が見たら大笑いしそうだ。

近藤さんは鷹揚(おうよう)に微笑むだろう。

身内を斬ることなど思いも寄らなかったあの頃。

多摩が懐かしい。

ミルフィーユはやはり無残に崩れて、私は食べるのに苦心した。

土方君がやってきた

家に帰ると、妻は既に夕飯作りを始めていた。

縁側には浅葱色の隊服が二つ。

はて?

二人の男性が同時に振り返る。沖田君がにこやかに言う。

「お帰りなさい」

もう一人は、無言で私を凝視している。私も彼を凝視した。

見つめ合うこと数秒。沖田君が吹き出す。

「お二人共、お見合いじゃあないんだから」

鳥の鳴き声が聴こえる。まだ日は明るいが、暮れる準備をしている。

空をうっすら紫色が染める。

色白で、優しげに整った顔立ちの彼は、眼光だけがやたら鋭い。多弁なほうではなかった。

しかし重要なことになると饒舌になった。

待ち切れないように沖田君が紹介する。

「土方さんです」

「……どうも」

眼光鋭いままに会釈され、私も会釈を返す。

へー、ひじかたさん。

――――え、待って。土方？


「土方歳三。さん？」

「そうだ」


私は思わず最敬礼しそうになった。

鬼の副長じゃないか！

五稜郭で戦死した時は洋装だった筈だが、今は沖田君と同じ、だんだら染めの隊服だ。髪だけは総髪で、当時の先端を感じさせる。

何だか感無量だなあ。

彼の仏頂面を、私は懐かしく見つめた。

「北海道から来たんですか？」

「いや、石田寺から」

土方歳三の数ある墓所の一つがある寺だ。東京都内だから、北海道から飛んで来るよりは近いだろう。

「土方さん」

私がそう呼び掛けると、彼は居心地悪そうな顔をした。

「土方君で良い。あんたは」

おお。何だかスターに特別扱いされている気分だ。

「じゃあ、土方君」

「何だ」

「握手してください」

土方君が、思い切り奇妙な目で私を見た。

本当の総司

さて本日の夕飯は、山菜ご飯に手羽先を焼いたもの、白和えと蜆の味噌汁だった。

山菜ご飯に手羽先など、食欲推進派委員会が聴けば諸手を上げて称えるんじゃないか？　そんな委員会あるかしらんけど。

鬼の副長と沖田君と私と妻。

一風変わった顔合わせで食卓を囲む。鬼の副長は、妻には愛想が良かった。彼が妻を見る目に、なぜか感慨を見た気がして、私は不思議に思った。

まさか新撰組の二大スターと酌み交わす日が来るとはなあ。

土方君は冷や酒を美味そうに飲んでいる。土方君も飲み食い出来るのか。つまりは食いしん坊さんだと考えて良いのだろうか。意外な一面だ。

食後、やはり縁側で、土方君と並んで私は夜空を見上げていた。

ずっと昔もこんなことがあったような、妙な気持ちだ。沖田君は妻により、皿洗いに動員されている。彼が同席しないのはそればかりが原因ではなく、私と土方君を二人にしようという配慮が窺える。なぜだろう、と思う私と、得心する私がいる。

「済まなかったな」

唐突な土方君の謝罪に、しかし私は動じなかった。

ああ、彼も悔やんでいたのだ。苦しんだのだ。


「何を謝るのですか」

「あんたを追い詰める積もりはなかった」

「知っています」

「……喪う積もりも」

「はい」


今にして思えば、私も浅慮だったのかもしれない。一人で苦しみを持て余し、のた打ち回っていた。


「長く患う身が歯痒く、私の視野も狭くなっていたのでしょう」

「結果、蔑ろにしちまった」

「過ぎたことです」


土方君は凡そ何でもそつなくこなしてみせたが、俳諧のほうはからっきしだった。そんな風に、彼にも人間らしく好ましい一面はあったのだ。静かに更(ふ)けゆく夜、土方君とこうした時間を持てたことを幸いに思う。

「俺が来たのは、あんたと話す為(ため)でもあるし、総司が心配だったからでもある」

「沖田君が？」

沖田総司は愚かだったと言った沖田君を思い出す。

あれは沖田総司ではないと言った鳥のことも。

「俺は望んで輪廻(りんね)の輪から外れているが、あいつは違う。入りたくても入れずにいる」

「なぜ」

土方君が腕組をして下を向く。厄介(やっかい)ごとを考える時の、彼の癖だ。

「あいつは紛(まぎ)れもなく天才だった。その腕に俺たちは頼(たよ)り切った。……人を斬る度、あいつの心が闇(やみ)に沈んでいくことにも気づかず。今更、言っても始まらねえことだが、総司を輪廻の輪に戻してやりたい」

土方君も私も、沖田君を弟のように思っていた。彼の苦悩を、私であれば理解出来ると土方君は考えたのだろう。それでもまだ、土方君の言葉は事の核心に触れていないような気がするが。

「土方君。彼は、沖田君でしょうか」

私は慎重に問い掛けた。土方君に首肯(しゅこう)して欲しかった。

土方君はしばらく瞑目(めいもく)した。そして目を開け、私を見る。

「あれは、はりぼてだ。本当の総司は別にいる」

反発

芽依子、襲来する。

芽依子の場合、訪問より襲来と言ったほうがしっくりくる。

沖田君の女装姿を何だかきらきらと加工した写真を得意げにテーブルに並べて見せる。


「あら素敵！」

妻よ。


「どう、叔父さん。ぐらっと来ない？」

一体、何を言っているんだ。芽依子は唇を尖(とが)らせてちぇー、と言った。

「来ないね」

沖田君はしげしげと自分の写真に見入っている。頭を傾(かし)げている。無理もない。

執事服バージョンもあり、やはりきらきらや薔薇の花の加工が施(ほどこ)されている。これ、日記に貼りつけようかな。何とはなしに悪戯(いたずら)心が湧き起こる日曜の午後。呑気(のんき)なものである。

しかし沖田君が女性に生まれ変わったら美女になるんだろうな。少し見てみたい気もする。

私の耳には土方君の声が木霊して離れない。


〝あれは、はりぼてだ〟


その言葉を聴いた瞬間、私の中に、土方君に対する猛然とした反発が湧いた。はりぼての沖田君が、こうも活き活きとしているものか（死んでいるけど）。

ミニスカートを穿いている芽依子に、婦女子は脚を出すものではない、と注意している沖田君は、生真面目で純朴な青年そのものである。一体、人は何をしてその真贋を見抜くのか。

私が沖田君と断じるからには、彼は沖田君なのだ。

土方君は毀誉褒貶の激しい人物であり、それで私を含む隊士ともしばしば衝突した。

死んでもその習性は変わらないものらしい。些かの憤りを抱きながら、しかし私は土方君の土方君らしさに、一方では安堵してもいたのだ。

土方君は私に爆弾発言をしたあと、おうち（石田寺）に戻って行った。

次に彼と会う時、私はどんな顔をすれば良いのだろう。

夫婦喧嘩

妻にぶっ叩(たた)かれた。


私が悪い。

例によって書斎に籠り、寝こけていた私が、やってきた妻に対して不意に目を開けて尋ねたそうだ。


〝ささめの子は無事だろうか〟


妻の平手打ちが炸裂(さくれつ)し、そこで私ははっきりと覚醒(かくせい)した。

ささめって誰。

全く記憶にないし、子供ときたら最早(もはや)、何のことやらである。

だが妻は誤解し、著(いちじる)しく傷ついたらしく、寝室で泣いていた。私はただ寝惚けていただけだと、平謝(ひらあやま)りに謝ったが、妻の痛手は大きかったらしい。私の左頬についた赤い手形よりも。

私はとぼとぼと書斎に戻り、沖田君に関連する資料を眺めた。

どうやら紗々女の子の安否を、私は余程、気にしているらしい。唯一の、血肉を分けた生命が在ったかどうか。

そこが焦点なのだろう。

私は近藤さんや土方君の女性への処し方を、どこか軽蔑していたが、所詮は自分も彼らと変わらなかったようだ。私の命の途絶えたあと、もし紗々女が私の子を産んでいたのなら、それは私の存在した証となるのだ。

沖田君は慶応四（１８６８）年、五月三十日の夕刻、江戸は千駄ヶ谷の植木屋平五郎宅で息を引き取った。

彼は血脈に連なる子を残すことなく逝ったのだ。

紗々女を身請けした。

店の主はにこやかに彼女を私に託し、送り出した。紗々女は禿姿ではなく、町娘のような黄八丈を着て、私から少し遅れて歩く。その密やかで慎ましい気配を、私は愛おしいと思った。

紗々女の為に用意した新しい家に案内すると、紗々女は目を輝かせて、喜んだ。

さんなんさん、何から何までおおきに、と言って、小さな頭を深々と下げた。その黒々とした髪の毛の艶を見て、結い上げるくらいに髪が伸びたら、櫛や簪を買ってやらねばと思った。漆塗り、螺鈿細工、珊瑚や鼈甲。これまでの不遇を取り戻すように、私は紗々女を飾り立ててやりたいと思う。

沖田君が昨夜、血を吐いた。

前途ある若者の不幸を思うと、胸が塞ぐ。

私が紗々女を幸せにしてやりたいと願うのは、沖田君や他の、散って行った命たちへの餞の代わりとも考えているからかもしれない。

屯所への帰途、色づいた樹々の紅がやけに目に沁みた。

陽光

私は書斎で朝を迎えた。目を開ければ床に突っ伏していた。身体に掛けてある薄い掛布団で、妻が来たことを悟る。

書斎の床はフローリングで、私は硬くなったように思う身体をぎしぎしと起こした。窓のカーテン越しに朝の光が室内を淡く白く染めている。妻の心中を思うと、私の胸までが痛み、遣る瀬無い思いが湧く。手酷く傷つけてしまった。よりにもよって、妻が最も嘆き悲しんでいる点を、私は突いたのだ。

当然のことながら朝食は用意されていない。

妻は私と顔を合わせまいと、洗濯中のようだ。洗濯機の回る音が聴こえる。

結局、私は空きっ腹を抱えて出勤途中にコンビニに寄り、サンドウィッチとお握りを買って仕事に向かった。

もう初夏とも言える朝の光は容赦ないくらいで、私は手をかざして庇を作った。

遍く日の光が照らし出せば、逃れられない真実を直視することにもなる。亡き子のことや、妻の悲嘆には、もっと柔らかで温順な光が似合う。太陽は時に痛めつけてしまうのだ。弱い常人を。

仕事中、私の脳裏には妻の顔が浮かんでは消えていた。給料泥棒(どろぼう)と言って良いだろう。まるで脱(ぬ)け殻(がら)のように使い物にならない私を、見兼(みか)ねたのか上司が早退を勧めてくれた。仕事の鬼と言われる人なのに。そんなに無残な有り様に見えるのだろうか。腫れた頬も一因だったかもしれない。

まだ日が高い内、道すがら、洋菓子店に寄り、妻の好きそうなケーキを幾つか見繕(みつくろ)った。フランボワーズ（いつも舌を噛(か)みそうになる）の載ったやつは外せないな。それから、セレクトショップで、妻が欲しがっていたシルクのスカーフを購入する。サーモンピンクが、妻にはよく映えるだろう。

ただいま、と恐る恐る家の中に入る。

スリッパの音がして、妻が驚いた顔で私を見た。

「――早いのね」

「うん。鬼の目にも涙があったらしい。それからこれ」

そう言って私は、戦利品、もとい献上品(けんじょうひん)を妻に差し出した。

妻はそれを受け取り凝視して、長いこと沈黙すると、くしゃりと顔を歪(ゆが)めた。

泣く妻を、私は抱き締めた。

済まなかったと、何度も何度も繰り返して言った。

沖田君が心配そうな顔で、何かあったのかと訊いてきた。

私は苦笑して首を振り、いや、こちらの問題だよと答えた。

以前にもあったような遣り取りに、私は既視感を覚える。

いつもより早い時間、縁側に座る私たちに、妻が紅茶とケーキを出してくれた。まだ何とも言えないが、傷は癒えつつある、と考えて良いのだろうか。

金粉が散らしてあるチョコレートケーキにフォークを入れながら、私は何気なく沖田君に尋ねる。

「沖田君は妓楼などには行ったかな」

「はあ。一度、会津様（松平容保）への武芸披露試合のあと、土方さんや源さん（井上源三郎）たちと行きました。道頓堀近くの新町に。天神をその、買ったのですが、私には余り肌に合わない場所でした」

何だか納得出来てしまう。

天神と言うのは遊女の格付けの一つで、太夫、天神、端女郎という序列がある。

近藤勇が新町の妓楼から深雪太夫を身請けし、他にも多くの愛人を作ったことは有名である。

土方歳三もまた、若鶴太夫らと馴染みだったらしい。武芸披露試合のあと、近藤勇の増長すること甚だしく、多く反感を買ったようだ。

沖田君には複雑な心境だっただろう。

私にも若干、苦い思いがあったことは否めない。

近藤勇は凧のようだ、とある本に記されていた。追い風の時はどこまでも昇るが、逆風の時にはたちまち失速すると。

しかしそんな、言い方によっては素直な単純さが、近藤さんの魅力の一つであったのもまた事実なのだ。

彼の求心力あっての新撰組だった。

沖田君のレアチーズケーキ美味しそうだ。少し分けてくれんかしらん。

私は紅茶を飲みつつ、意地汚いことを考える。

「ご亭主の、頬の紅葉は何ゆえですか」

やはり気になるらしい。

「――――子は無事だろうかと、妻に寝惚けて訊いてしまった。妻は……、昔、流産したことがあってね。寝惚けているとは言え、悪いことをした。ささめなどと、知らない女性の名前を口走ったんだ」

「…………紗々女ですか」

「うん」

沖田君は考え込むように押し黙った。

重い打ち明け話に、当惑(とうわく)しているのだろうか。

「ご亭主。紗々女さんは無事、子を産みましたよ」

「本当か」

「はい。男の子です。貴方がいなくなってから、近藤さんや土方さんの肝煎(きもい)りで、紗々女さんは暮らしを立てていました」

「そうか」

「はい」

「土方君が……」

「はい。禿を身請けするなんて物好きだなんて憎(にく)まれ口叩いてましたが、一番、紗々女さんに親身になっていました」

「そうか……」

不覚にも涙が出そうになる。庭の雑草を観察する振りをして、私は下を向いた。

紗々女は無事、私の子を産んでくれたのだ。私の血脈は途絶えていなかった。あの凍るように寒い夜、私が自死した後も、命は続いていた。それだけのことが、無性(むしょう)に幸せに思えてならない。

横に座る沖田君の気配が、切り替わった。水を潜り抜けたように。

桜の青い葉がひらりと落ちた。

「だからもう、大丈夫ですよ。さんなんさん」

「ありがとう」

私は目頭を押さえ俯いて、しばらく身動きしなかった。沖田君の労わるような視線を感じる。この若者は、こんな風に、今も昔も人の脆く弱い姿をただ見守るところがあった。それは彼本来の優しさゆえだろう。目頭を押さえる前に見た桜の葉の色が焼きついて、私は何とも言えない狂おしい気分になった。土方君とは衝突もしたし、反りが合わない点も多々あったが、それでも確かな絆が互いにあったのだと信じたい。

「ご亭主。それとこれ、半分こしませんか」

「うん」

チョコレートケーキとレアチーズケーキの半分のトレードを申し込んできた沖田君に、私は素直に頷いた。レアチーズケーキを物欲しそうに見たのがばれたかなあ。

「土方君はまた来るだろうか」

「あの人は気紛れですからねえ。来るかもしれず、来ないかもしれず」

はっきりしないいらしい。沖田君はともかく、土方君が我が家に入り浸るイメージは、確かに余りないが。来たらスーツ着せられたり女装させられたり執事服着せられたりするかもしれないし。性格に反して優しげな風貌だから、似合ってしまいそうだ。

私の中で土方君へのわだかまりがゆるゆると解れつつある。彼とはもっと話をするべきだった。私が自死したことで、土方君に何の打撃もなかったとは思えないのだ。

「君の介錯は見事だった」

「……いいえ」

「お蔭で私は苦痛から、早く解放された」

「――もう、あんな思いはごめんです」

「済まない」


私は近江まで遁走したりなどしていない。

ただ、思うように動かぬ我が身が苦しくて、役立たずの身の上が口惜しくてならず、憤死した。屯所の自室で死ぬに死に切れず喘いでいた私を、偶然にも訪れた沖田君が楽にしてくれた。介錯は腕の立つ者にされるのが幸運である。

その点、私は幸運だったと言えるのだろう。

だが、私は身勝手だった。沖田君の心中も、紗々女の境遇も慮らず死を選んだ。独りよがりだったと責められても無理はない。

「近藤さんはもちろんですが、土方さんも嘆いていました。鬼の副長が、目に見えて憔悴していましたよ。あの人のあんな姿は初めて見たな」

「そうか……」

半分こして正解だった。レアチーズケーキもやっぱり美味しい。

チョコも、レアチーズも、どちらかのみを選ぶことはないのだ。

ギャップ萌え

私の中に、私の知らない私がいる。

初めは違和感があったものが、今では混然一体となり、どちらが本当の私とも言えない。

なぜ、と思う疑問が多々、湧く中で、妙に合点が行く私がいて、この状況を受け容れているのだ。

ビールが美味い。

その晩は八宝菜と中華風牛肉とわかめのスープだった。

八宝菜の中の鶉の卵は、一人二つずつと決まっている。この勘定には沖田君も入っている。筍、人参、きくらげ、とろみのある汁に歯応えの楽しい具材が入っている。妻の勘気は解けたらしい。私は内心で息を吐いていた。

沖田君はひょいぱくひょいぱくと八宝菜を食べている。

気に入ったようだ。

……白い髭がまた出来てるけど。

何と言うか、沖田君のこういう面って、女性の母性本能をくすぐるんじゃないだろうか。剣豪と言うには懐っこく、朗らかで。

ギャップ萌えである。

私は萌えないけど。


夜、書斎に籠り、私は相変わらず沖田君研究を続けていた。

沖田君は新撰組の中で助勤筆頭だったが、それを快く思わない人間も少なからずいただろう。

近藤さんの身内だから贔屓されているのだと、そう、陰口を利く輩もいた。私の姿を見ると皆、一様に口を噤んだが。

私は目を閉じて意識が揺蕩うに任せた。

人が集まれば様々な思惑が入り乱れる。どんな人格者であれ、反感を買わないということはないのだ。温厚で知られる井上さんでさえそうだったろう。記憶の混沌で、私を呼ぶ声がする。


〝さんなんさん〟


「さんなんさん」

聴こえた肉声に私はぎょっとして、目を開けた。

いつの間にか室内に、土方君が立っている。

「うわあ、びっくりしたあ！」

土方君は凪いだ表情で素っ頓狂な声を上げた私を見ている。

これ、怪奇現象そのものだよな。


「さんなんさん、帰ろう」

「帰る？　どこへ」

「俺たちが生きた時代に」

「え？」

「新撰組を、もう一度やり直そう」


私は土方君の言葉をゆっくりと咀嚼した。


ああ、君はまだ、諦めていないのか――。

未だに熱と狂乱の渦の中にいるのか。

野仕合

内憂外患。

当世、黒船襲来などによって世情は騒然とし、多摩の村々でも浪人や博徒が横行している。

自然、自衛の気風が培われ、多摩郡では地域ごとに数十もの村が団結する組合村が組織された。

武装して剣術を学ぶ必要を、武士以外の身分でも感じたのだ。

近藤周助先生の元にも、日野宿寄場名主の佐藤彦五郎俊正、小野路村寄場名主の小島鹿之助為政、連光寺村名主の富沢忠右衛門政恕を始め、小野路村名主の橋本家、常久村名主の関田家などが有力な門人として集った。

天然理心流はかくして、名主からその支配下層に至るまで、布が水を吸うように浸透したのである。


文久元（１８６１）年八月二十七日。


近藤（勇）さんの天然理心流四代目襲名披露の為、野仕合が行われることとなった。

盛夏の候である。

多くの見物人が更に熱気を上げている。男のみではなく紗の着物だの漆の簪だので着飾った女たちもいて、その中には野仕合に参加する面々の家の者もいる。

私は着物の襟元を寛げながら、六所宮の本殿は階に座っていた。

少し離れたところから、土方君が私にどこか含む視線を投げて寄越した。彼は私と同じ紅組だ。視線の意味を汲み取れず、怪訝な顔をした私から、土方君はふいと顔を背けて行ってしまった。

「土方さんは、まるで恋する娘さんだなあ」

「沖田君」

くすくす笑いながら、常のように朗らかに言った沖田君に、私は安堵の笑みを浮かべる。血色が良く、健康そうだ。それを良かったと思うと同時に、そんな自分に違和感を覚える。なぜだろう。

野仕合とは集合撃剣である。

形式は実戦のそれと同じで、紅白に分かれ、防具の上に乗せた土器が割られると、即ち討死と見なされる。

私は既に防具の上に土器を乗せている。

蝉の声が賑々しい。我々を鼓舞しているのか、笑っているのか。

なぜか懐かしいと感じる。

初めて迎える今日であるのに、奇妙なことだ。

土器の色は、紅組は薄い朱で、白組は白のままだ。私は薄い朱を眺めて、これより濃い紅が、いずれは我々を包み、押し流し、凌駕せんばかりになるのだと思う。それもまた奇異の念である。筋の通らない考え事をしてしまうのは、暑さのせいだろうか。

間もなく仕合が始まる。

知りもしない女の声が、「貴方」と呼ぶ声が聴こえた気がした。

くるくる

時代は巡る。

くるくると風車のように。


「山南君」


八木家の庭に立つ私に呼び掛けたのは、芹沢さんだった。

浪士組の中にいた彼は、近藤さんと同じく清河八郎と袂を別ち、京に残った。

鉄扇を肩にぴたぴたと当てながら、口角を吊り上げている。

「何でしょう」

時は残暑。夏の気配がまだ色濃い時節だった。芹沢さんの乱行振りには、私も近藤さんたちも頭を痛めていた。力士たちとの衝突では私もまた、力士を殺めた。それも逃げる力士を背後から。今でもそのことを強く悔やんでいる。

「今夜、島原に行くのだが、貴公もどうだね」

「いえ、私は」

芹沢さんはお梅（うめ）という昵懇（じっこん）の女がいながら、妓楼に行くのか。

「近藤に就くより、私に就いたが御身（おんみ）の為だぞ」

「ご忠告、痛み入ります」

私が慇懃（いんぎん）に言うと、芹沢さんはふんと鼻を鳴らして、来た道を戻った。

八木家は広く、私は庭の一隅（いちぐう）でぼんやり樹々の緑を眺めていたのだ。

芹沢さんは私を懐柔（かいじゅう）して取り込みたいのだろう。力で無理を押し通そうとする。そんなやり方は私の好むところではない。

八木家の母屋（おもや）と離れの間に設けられた文武館から、気合いの入った声や竹刀（しない）、木刀で打ち合う音が聴こえてくる。


芹沢さんを殺す。


近藤さんは、そう言った。

ふと見れば烏が屋根の上から私を見下ろしている。小首を傾げる様は人間のようで、愛嬌（あいきょう）がある。


「また繰り返すのか？」

不意にそんな声が降ってきて、私は左右を見回したが、誰もいない。見上げれば烏がいるだけ。まさか烏が喋った訳ではあるまい。私は微苦笑して、かぶりを振った。

雨

今のままでは壬生浪士組は芹沢さんに牛耳(ぎゅうじ)られ、片腕たる平山五郎の台頭も脅威である。

芹沢さんがいる限り、近藤さんたちは上に立てない。加えて、芹沢さんの乱行だ。

壬生浪士組は島原の角屋で酒宴に興じた。

私は陰鬱な気分だった。

宴会を中座した芹沢さんが、平山五郎、平間(ひらま)重助(じゅうすけ)と共に壬生に帰った。土方君と沖田君も同行し、土方君は八木家での芹沢さんたちとの飲み直しに参加している。

朝から雨が降っている。

私は雨音に耳を澄ませながら、来たるべき時に備えていた。

沖田君は、芹沢さんは自分が斬ると言った。彼の腕前からすれば妥当だろう。

雨が降る。

早くも芹沢さんたちの弔(とむら)いに空が泣いているのか。

芹沢さんの飲み直しにはお梅や、平山の馴染みである吉栄(きちえい)、平間の馴染みである糸里(いとさと)も加わり、芹沢さんたちは泥酔(でいすい)の様を呈(てい)した。土方君の狙い通りである。

芹沢さんとお梅は中庭に面した十畳間で床に就き、部屋の中央に屏風を立て掛けただけの状態で、平山と吉栄が休んだ。平間と糸里は玄関脇の四畳半で寝ている。

「土方君。やはりやるのかね」

「やる。この局面を越えねば、先がない」

土方君の答えは明瞭だった。

蒸し暑い夜が、私の陰鬱に拍車を掛ける。

「先々の憂いを、一つずつ払っていく」

そう言う土方君は、はるか未来を見据えているようだ。彼には何が視えているのだろう。

「さんなんさん。あんたもむざとは死なせない」

土方君の言葉の意味を、私は捉え損ねた。

また繰り返すのかと言った声を思い出す。

刺客は総勢四名。

私と原田君、沖田君と土方君である。

近藤さんをこの件からなるべく遠ざけておこうという土方君の意図を感じる。

大将格は血生臭さから無縁にしておきたいのだ。

夜も更けた頃、私は原田君と共に、平山五郎を襲撃した。

刀が一閃すると、平山五郎の胴と首が離れた。ころり、と転がる首。

押し寄せるような血臭。

それから私は物言わぬ躯となった芹沢さんとお梅を見た。二人共、裸で、無残な有り様だった。

押し黙る私に、土方君が告げる。

「正しい道筋を通っている。問題はこれから先だ」

人を殺したあととも思えぬ冷徹な声を紡ぐ。

これから先、時代の潮流にどう乗るか。

どう乗り切るか。新撰組の悲惨を防ぐ為には——。

私の記憶が一瞬、飛んだ。今、何か埒外なことを考えていたように思う。

「あんたにも、生きていてもらわなきゃ困るんだよ。さんなんさん」

土方君は、神妙な声で言った。

雨が降り続いている。

血を洗い流してはくれまいか。

私がこの先も汚すであろう手につく鮮血（せんけつ）を、洗い流してはくれまいか。

靄（もや）の中

年号が元治と変わった。

私はここのところ、身体が不調であり、剣の稽古もままならないでいた。

島原にふらりと出掛け、紗々女だけに出入りを許し、あとは一人にしてもらう。

白粉（おしろい）の匂（にお）い、煙管（きせる）の匂い、女たちが纏（まと）う香（こう）の匂いなどが入り混じり、私を放心させる。

無になりたくて、私はここに来る。

芸妓（げいぎ）を勧められることもあったが、笑って固辞した。

己の寂寞（せきばく）とした胸の内を扱い兼ねて、私は目を瞑（つぶ）り、赤い褥（しとね）に横になった。

そこでもやはり花のような香りがして、どうあっても逃れられないのだなと観念した心地になる。

三味線（しゃみせん）の音、謡（うたい）の声が聴こえる。

沖田君が労咳らしい、と知ったのは、つい先日、行きつけの刀屋での会話がきっかけだった。

医者に向かう沖田君を見たと言う。池田屋の件以来、彼の体調が芳（かんば）しくないことは知っていたが、よりによって労咳とは。

アイシングクッキーでも食べさせてやりたい。
妻の作る手料理ならば、さぞ精もつくだろう。

そこに至り、今、何を考えていたか、魚が手の内からつるりと逃げるように忘れる。
土方君が何かにつけて、私の動向を見張っているようなのが気になる。監視と言うより、見守る、に近い。鬼の副長がどうしたことだろう。そう言えば、彼は以前、私をむざとは死なせないと言っていた。あれはどういう意味だったのか。

――歴史の改変は罪であると言うのに。

また、意識が飛んだ。
紗々女が失礼しますと言って、お茶を持ってきてくれた。

帰りましょう

雪が降っている。

ひらひらと、白いひとひらが舞い降りる。

京の町に薄い雪化粧を施す。

こんこん、と軽い咳が出る。

身体の不調が、思わず長く続いている。これで新撰組の飛躍の舞台にまた上がれなかった日には、私は私を許せないだろう。

「寒おすか？」

紗々女が心配そうに尋ねてくるのに、私は微笑して首を横に振った。

紗々女が火鉢を近づけてくれる。どこへ行くのかと土方君に訊かれた。正直に島原だと答えると、合点が行ったように頷いた。不逞浪士に気を付けるようにと言って。彼が何くれとなく甲斐甲斐しい理由が解らない。

私が内心、抱く忸怩たる思いを察知しているのだろうか。思うように動かない身体。物の役に立てない我が身の情けなさ。唇をきつく噛むと、赤い血がつうと落ちた。紗々女が目を瞠り、懐紙でそっと拭いてくれる。今頃、外は紺青に白い点が散っているだろう。外にいる人々が、白い息を吐いているだろう。あらゆる思惑が、蠢(うごめ)いているのだろう。こうしている今も。

紗々女が部屋から出て、私一人になると、私は脇差(わきざし)を抜いて白刃(しらは)を見つめた。いっそこのまま、腹を掻っ切れたなら。もちろん実行には移さない。店に迷惑が掛かるし、何より紗々女を置いて逝くことに強い躊躇(ちゅうちょ)を感じる。

屯所に戻った私を、待ち構えていた人物がいた。

曙光(しょこう)が処女雪を染める頃。

いつから待っていたのだろう。

「駄目じゃないか、沖田君。部屋で寝ていなければ」

京の底冷えが、ましてや雪が、病身である彼に障らない筈はなかった。しかも彼は、巡察(じゅんさつ)でもないのに隊服の羽織を着ている。

「大丈夫です。僕はもう、生きていませんから」

「何を縁起でもないことを言っているんだ」

沖田君は、物を知らぬ童(わらべ)を見る目で私を見た。

「もう良いんです、ご亭主。帰りましょう」

私の部屋の前で問答する私たちの他、もう一人、そこに立っていた人物がいる。

沖田君は彼を振り返った。

「気が済んだでしょう、土方さん」

生きていて

土方君は斜(しゃ)に構えた視線で沖田君をぎろりと睨んだ。

「引っ込んでろ、総司」

「いいえ。彼はさんなんさんであって、さんなんさんでない。土方さん。貴方もまた、そうであるように」

しんしんと冷えた廊下で、沖田君と土方君が睨み合っている。

「もう一度、やり直すんだ。さんなんさんを死なせねえ。新撰組に賊軍(ぞくぐん)の汚名(おめい)も着せねえ」

「終わった祭りです、土方さん」

「祭りだと？」

俄(にわ)かに土方君が気色ばむが、沖田君は少しも怯(ひる)まず続ける。

「はい。僕たちは命懸けで祭りに加わり、そして散ったのです。それをもう一度とは、貴方らしくもない駄々(だだ)です。」

話がまるで見えない。

沖田君と土方君は、さながら先の世を知っているような口振りだ。そしてその先の世で、新撰組が辿(たど)る悲劇を。――いや？　私もまた、知っていた気がする。これは二度目であると。

一度来た道を辿るように、歩んでいる。土方君は、この先の道を変えようと考えているのだろうか。

「土方君は、私が死ぬと思っているのかね」

ふと口を突いて出たのは、自分でも予期せぬ言葉だった。

常には沈着の土方君が、かっと激昂した。

「あんたは死んだっ！　志半ばで憤死した。俺の手落ちだ！　二度目はねえ。総長の肩書にも相応しい意義を与える。だから……」

だからもう、死んでくれるなと。

鬼の副長が小さく呟いた。私は自らの愚行を省みた。沖田君も土方君も、近藤さんも、私の死に大きく揺らいだのだ。土方君などは悪役のように言われたかもしれない。途方に暮れているのは、私だろうか、彼だろうか。沖田君は痛ましい表情で、肩を落とした土方君を見ている。そして振り切るように視線を私に移した。

「奥方がお待ちです、ご亭主。良いですね、土方さん」

「…………」

私は土方君に対して詮無い気持ちになった。そしてどうせなら、紗々女ともっと語らえば良かったと思った。私はいつも、一歩遅いのだ。

あたりが暗闇に包まれた。


一点、射す光が眩い。

私は目を細めて、反射的に手をかざした。ここは寝室だ。妻の涙顔がすぐ上にある。

「貴方、」

「……今は、元治か？」

「え？」

「いや、何でもない」

「書斎で倒れたまま、叩いても揺すっても起きないから心配したわ。来てもらったお医者様はただ寝ているだけだって仰るし」

「どのくらい寝てた？」

「二日よ」

その言葉に呼応するかのように、ぐ、ぐう〜〜〜と腹の虫が鳴る。

「……お腹空いた」

「ちょっと待ってて」

妻が涙を拭いて慌ただしく寝室を出て行く。目の下に隈が出来ていた。私がぐーすか寝ている間、余程、心配したのだろう。罪悪感で心臓がちくちくする。やがて運ばれてきたチョコレートパフェを、私は点になった目で凝視した。

「……何でチョコレートパフェ？」

「だって貴方の大好物でしょう？」

いや、妻よ。二日間、何も摂らなかった人間に対して、些かパンチが強過ぎはしないだろうか。それでも私はチョコレートパフェを食べた。新撰組が正義なら甘いものも正義である。

「沖田君と、土方君は？」

「そう言えば貴方が眠ってから、見てないわ」

「そうか」

ああ、パフェが美味しい。このてっぺんのアイスとチョコが絡み合ってるとこがたまんないよね。

生きてて良かった。

私も

それから数日、私の中で私のものかどうか判然としない記憶が浮かんでは消えた。

私は私としての日常と、非日常の間を振り子運動のように行き来する心地だった。

休み明けに行った職場では、何だか顔が変わったと言われた。江戸末期を体感したからだろうか。土方君の気持ちを推し量ると、遣る瀬無いものがある。終わった祭りだと称した沖田君の気持ちも。

ちょっとしんみりして家に帰ると、頭に三角巾（さんかくきん）を被り、たすき掛けした沖田君がたたたーーーーと廊下を雑巾がけしていて、感傷が思い切り吹き飛ばされた。

「……ただいま」

「あ、ご亭主。お帰りなさい」

「お帰りなさい、貴方。カステラがあるわよ」

妻がコーヒーとカステラを出してくれる。沖田君も一段落ついたらしく、三角巾とたすきを外して手を洗ってからやってきた。縁側に二人で座る。

「沖田君。何も雑巾がけまですることはないんだよ」

「身体もなまっていましたし。奥方に頼まれたので」

妻よ。

そして幽霊の身体ってなまるものなの？

私はカステラを齧り、コーヒーを飲んだ。ふんわりしっとり、優しい甘さのカステラは、はるばる異国から日本に渡ってきたのだ。

あ、カステラなら沖田君も食べたことあるんじゃないか？

そう思って尋ねると。

「いいえ。カステイラなる物があるのは知っていましたけど、生前は食べませんでした」

「そうか。そう言えば私も食べたことはなかったな」

何気ない呟きに、沖田君がちらりと視線をこちらに向ける。

「土方さんを悪く思わないでやってくださいね。――あの人は、さんなんさんの死に責任を感じていた。そして誰より新撰組のことを想っていた。ただ、それだけなんです」

「知っているよ。彼は、そういう男だ」

実用においては何かにつけ器用な癖に、気働きの点においては途端に不器用になった。それが土方君の人間らしさであり、微笑ましさだった。

「時の理を曲げてでも、土方さんは、さんなんさんに生きていて欲しかったんです。土方さんはね、さんなんさんが好きだったんですよ」

私は二度、頷いた。頷いた拍子に、コーヒーの黒い水面が揺れた。視界が些かに滲む。天使の階梯が雲間から見える。その光もやはり滲んでいた。

「私も……土方君が好きだったよ」

嘘偽り（うそいつわ）のない本心の呟きが、ぽとりと落ちた。

たい焼き君

私は書斎に籠り、今日の出来事を書きつけ、相変わらず沖田君研究に励んでいた。

沖田君は元治二（慶応元・１８６５）年、三月二十一日付の書状で、さんなんさんの死を佐藤彦五郎に伝えている。これは江戸に下る土方君に託されたようだ。内容は至ってシンプル。


山南兄、去月二十六日死去　仕り候あいだ、ついでをもって一寸申し上げ候。


　実際の死亡日は二十三日なのだが、端的に過ぎる文章ではある。沖田君とさんなんさんの間柄を考えれば、もう少し何か書かれても良さそうなものだ。或いは、触れたくなかったのかもしれない。沖田君は、さんなんさんの死を詳らかに記す心境でなかったのかもしれない。何だか悄然としてしまう。くぴりと黒糖梅酒を飲む。たい焼きが美味い。二日間、飲まず食わずで寝ていたので、体重は落ちていた。しかしそれは筋肉が落ちたということで、安易に喜ぶ訳にも行かない。良いんだ、ダイエットは明日からするから。前もそう思ったような気がするけど。

また黒糖梅酒をくぴり。

　私の中に一つの可能性が芽生えていた。

妻は紗々女の生まれ変わりかもしれない。
因果は巡ると言うが、それならば妻が子を、今度こそ無事に産むことも有り得るのではないだろうか。

紗々女は私の逃げ場所だった。
紗々女は私の拠り所だった。
たい焼きが粒餡で嬉しい。

たい焼き君自身は、毎日鉄板で焼かれて嫌なのかもしれないけど。

私は自分がさんなんさんであることを認めつつあった。そうと考えれば辻褄の合うことが多いのだ。しかしその自覚は、どこか空恐ろしくもあり、虚空に身を置かれるような心地だった。いやしくも時代の渦中にいた人物である。例え彼が（私が？）、直接、政局に関わらなかったとは言え、新撰組の幹部であったことには違いない。

たい焼きを頭から食べるか尻尾から食べるか、いつも迷う。

どちらから食べても同じなのに。味に違いがある筈もなく。

私もまた、前生がさんなんさんであっても、中身が変わるものではないのだ。

人違い

暑いなあ。そろそろ夏かな。

エアコンの掃除とかしなくちゃな。

そう思っていたらいきなり冷える日とかあるし。お天道様のご機嫌は読めない。

歩道脇にしぼんだ露草を見掛ける。朝方には綺麗に咲いていた。これは露草の性質なのだ。

犬の散歩をさせている人と会釈しながらすれ違う。パグは愛嬌ある顔で、盛んに尻尾を振っていた。可愛い。

帰宅して一息吐くと、沖田君と土方君が縁側に並んでいて、私はそれだけで心和むものがあった。妻は例によって夕飯の支度だ。多分、気を利かせてもいるのだろう。沖田君と土方君が同時に私を見る。沖田君は笑顔で「お帰りなさい」と言って、土方君は軽く会釈する程度だ。性格が表れる。

二人の手には桜茶。桜の塩漬けが浮かんだお湯である。時期外れの小さな花見と言ったところだろうか。妻が私の分も持ってきてくれる。ぼうと浮いた花びら。時にそぐわない花は新撰組にも似ているかもしれない。脇に置かれた盆にはワッフルが載った皿。ワッフル。其は禁断の果実。

あんぐり口を開けたスポンジ生地に、どっしりクリームが鎮座(ちんざ)している。涎(よだれ)が出そうだ。

「済まなかった」

ぽつりと、土方君が湯に咲く桜に目を据えたまま、ぽつりと言った。彼に謝られるのは二度目だ。

「良いのです」

色白な優男(やさおとこ)の顔立ちが、憂いを帯びている。

「もう、良いんですよ。土方君」

鳥が桜の枝に留まっている。心なし、こちらを観察する風情だ。

「紗々女のこと、ありがとう」

「――俺は大したことしちゃいねえ」

「いいえ。今生で妻と、紗々女と巡り合えて良かった」

沖田君と土方君が目を丸くする。私は食べかけていたワッフルを持つ手を止めた。

「え？」

「え？」

沖田君が上げた声に、私も問い返すように声を上げる。

「ご亭主。……奥方は紗々女さんではありませんよ」

顔じゃない

「違うの？」


そう尋ねた私の声は、我ながら間が抜けていた。めいっぱい思い込んでいたので、ぶんと大きく空振りした気持ちだ。

土方君は黙(だま)ってワッフルにかぶりついている。気に入ったんだね。美味しいもんね。

「はい、奥方は……」

「おい、総司。お前の菓子も寄越せ」

「嫌ですよ。土方さん、ご自分のをちゃんと食べたでしょう」

会話の流れが切れてしまった。

土方君、わざとだろうか。ワッフルは非常に魅力的なおやつだ。夢中になったと言うならそれも頷けるが。

「前が誰だろうと良いじゃねえか。今、大事なら」

さすが、副長。男前な発言である。妻が誰であっても、私には妻が大事だ。紗々女はどうしているのだろうと、そう考えてしまうのはどうしようもないのだが。

そしてその妻はと言うと。

目をきらきらさせて、私のスーツでも上等な物を二着、持ってきた。

いや、何がしたいか大体解るけどもさあ。

土方君は洋装もこなすので、着替えは二人だけでしてもらった。土方君、もっと嫌がるかと思ったけど、思いの外、従順だ。因みにスーツは沖田君が紺、土方君がグレーを基調とした物だ。

そして着替え終わった二人は――――。

この二人、ホストでもいけるんじゃないかしらん。

背後に薔薇を背負ってるみたい。特に土方君は総髪なので、違和感がない。

妻が夢中で写メを撮っている。

豚肉の生姜焼きを食べてビールを飲む、スーツ姿のイケメン二人。

私は何だか疎外感である。

良いもん。

男は顔じゃないもん。

転校生

二人のスーツ姿を自分も見たかったと悔しがるのは、例のごとく襲来した芽依子である。

「大丈夫よ、芽依子ちゃん。ちゃんと写真に撮ってあるから」

「流石、叔母さん！」

女二人でお主もワルよのうとばかりな笑みを交わし合っている。

本日のアイシングクッキーにはLove & Peaceとある。うん、平和だ。

「あ、そう言えば昨日、転校生が来たんだけど、何か不気味で嫌な奴だったのっ」

そう言うなりチョコレート色のソファーに行儀(ぎょうぎ)悪くもドス、ドス、と仁王(におう)立ちした。

お前はどこぞの暴君か。

「苛(いじ)めは駄目だぞ」

「もう！　叔父さんったら。私みたいにか弱い美少女がそんなことする筈ないでしょ！」

今、何か幻聴が聴こえた気がする。

幻聴だから聴かなかったことにして促す。

「で？　転校生が？」

「そうそう、それがね、自己紹介で自分は陰陽師(おんみょうじ)だっていきなり言うの。普通じゃないよね。

受けを狙ったんだか知らないけどさ。それで実際、ちょっと顔が良いからってぽーとしてた女子たちも爆笑したの。そしたらそいつ、ポケットから取り出した折り紙を鷹？ の形に折って息を吹きかけて。で！ ほんと信じらんないんだけどその鷹が生きてるみたいに羽ばたいて、安倍……あ、そいつの苗字ね。安倍を笑った奴をつついて回った訳よ！ もう、大騒ぎ！」

俄かには信じがたいが、お前もつつかれたんだろう、芽依子。

「もー頭きたよー。お蔭で昨日一日、凄いマジシャンが転校してきたって学校中の噂になったんだから」

ふーん。

安倍って安倍晴明とかいたなあ。まあ、今の時代に陰陽師なんてねえ。

きっと学校で噂になった通り、マジックを見せたんだろう。

その時の私は、そう思っていた。

いずれLove & Peaceなどと呑気に構えていられない事態になるとは予想もせずに。

待ったなし

時期外れの鶯の声。

もう時は夏だと言うのに。

何だか取り残されたようで哀れである。独り囀るのは寂しいだろう。鳥でも、人でも。

私は妻の使いで我が家の菩提寺に、冬瓜を届けに来ていた。妻の親戚が育てた物を、毎年たくさん送ってくれるのだ。竹林の中にある菩提寺は、どこか浮世離れしている。竹の歌を私の耳が心地好く感じている。そして稀に、鶯の声。

茣蓙の敷き詰められた一室。開け放たれた戸から青い風が吹き込む部屋で、私はご住職と碁を打っていた。こん、こん、と響く碁石の音。

「あ、待った」

「待ったなしじゃ」

「そこを何とか」

食い下がる。ご住職は丸い赤ら顔で、楽しそうに笑っている。

「そう言えば親戚の子を預かりましてな」

「ほう」

「鷹雪。鷹雪。ちょっと来なさい」

ご住職が大きな声で呼ばわると、華奢な少年の姿が現れた。怜悧な印象と壊れそうに繊細な印象の両方を受ける。長めの前髪の間から、こちらを見る視線が鋭い。

「ご挨拶しなさい。こちらは、」

「あんた、妙なのに憑かれてるな」

ご住職の言葉を遮って、たかゆき君とやらが私に直截に言った。思い当たるところが多過ぎて、私は言葉を失う。たかゆき君は全てを見通すような目で、私を見据えている。

「こら、失礼じゃろう」

「そうか。あんた自身も……」


私は年下の少年相手にどぎまぎしてしまった。言うだけ言うと、たかゆき君はふいと身を翻して行ってしまった。

「すみませんなあ。少し難しい子で」

「いえいえ」

「安倍鷹雪と言いましてな。祖先は陰陽師なのですよ」

鳥の鷹に降る雪の雪と書くらしい。風流な名前だ。

陰陽師かあ。成程なあ。お母さんは妖狐かしらん。なんちゃって。

……ちょっと待て。安倍。陰陽師。

それってこないだ芽依子が言ってた子じゃないのか。年頃も丁度そのくらいだし。

へええ。こりゃ、本物の陰陽師かもしれないぞ。

「ところでご住職……」

「待ったはなしじゃ」

斎藤(さいとう)君

囲碁(いご)でご住職に完敗を喫(きっ)して、私はとぼとぼ家に戻った。

妻はパウンドケーキを焼いていて、縁側には浅葱色(あさぎいろ)の羽織が三つ。

うん？

三つ？

三人が一斉に振り返る。

沖田君、土方君。それから――――。

「斎藤君じゃないか」

新撰組においては沖田君と双璧(そうへき)と称された剣腕(けんわん)の持ち主だ。苦味のある整った容貌は、ともすれば陰鬱(いんうつ)ともなりがちだが、沖田君や土方君とはまた違う魅力がある。気がする。男の私にはいまいちぴんと来ないけど。

斎藤君は姿勢を正して、私に頭を下げた。

「お久し振りです。ご無沙汰(ぶさた)いたしております」

「うん。元気だったかい？」

幽霊にこう訊くのもおかしな話だが。

だが斎藤君は生真面目に頷いた。

「はい。お蔭様で」

だが、斎藤君がここにいるということは、彼もまた、輪廻の輪からまだ外れていることになる。大丈夫なんだろうか。

「あれ。君の墓所は会津じゃなかったかい?」

「はい」

「うちは遠いだろう」

「幽霊ですから」

距離は関係ないということか。ふーん。

斎藤君は言わば新撰組の生き残り組だ。警官になって西南戦争で戦ったりしている。

しかしこの面子、芽依子がいたら煩いだろうなあ。

そう思っていたら来てしまった。来てしまったよ……。


「叔父さーん、おっきーいる?」


ああ、面倒臭いなあ。

案の定、芽依子は土方君と斎藤君に黄色い悲鳴を上げ、妻が焼いたケーキをちゃんと食べつつ、写メを撮りまくっていた。

「叔父さんちって新選組のコスプレイヤーの集まり？」

それはとても美味しい事実ですよ、と言わんばかりに目を輝かせる芽依子。どう訂正したものか悩む。

どうして斎藤君までもが我が家に来るのか。その理由は私が土方君から聴いた話に起因するのだが、その時の私は失念していた。沖田君をはりぼてだと語ったこと。だから斎藤君もまた、沖田君を気にかけていたのだとは考えつかなかった。

やがて鷹雪君が、彼らと関わり合いになることも、私はまだ知る由もなかった。

鬼副長のレシピ

私は鷹のように浮遊して、眼下を見下ろしていた。

碁盤の目に区切られた京の町。

殺気に満ちてぴりぴりしているようだ。

大政奉還が成され、慶応四（１８６８）年一月十一日、新撰組は幕府軍艦富士山丸で江戸に向かった。薩摩、土佐、長州の軍の前に、新撰組含む幕軍は惨憺たる有り様となった。井上さんが亡くなり、新撰組の数もだいぶ減った。伏見の戦において、淀堤の千本橋で三発の銃弾を受けた山崎君は、船上で没した。彼は海軍式水葬の礼で見送られた。


私の大事な新撰組が、踏みにじられてゆく。


泣き叫びたいような気持ちで史実を俯瞰して、私は呻いた。

時代の趨勢だった。

どうしようもならないことだった。

そんな夢を見て、目覚めた私は冷や汗を掻き、滂沱（ぼうだ）の涙を流していた。全てが済んだことなのに、まるで今、あった出来事のように生々しく感じられて、私は悲しくて苦しくてならなかった。

「今日は土方さんが作ってくれるんですすって」

「へ？」

妻がのんびり、沖田君と縁側に並び笑う。

「土方君って料理出来たっけ」

「死んでから色々学んだ」

生きてる内から学びなよ。

「ガスコンロの仕組みとか解るの？」

「ああ」

「今、無性（むしょう）にお握りな気分」

「……」

我が儘（まま）を言ってみた。

果たして土方君の作ったお握りはしらすと梅干の刻んだもの、高菜を刻んだものが入っていて、程よい塩気で大変、美味だった。味噌汁も茸の具沢山で、良い滋味が出ている。更にうちにあった漬物を刻んだ具入りの出汁巻き卵。出汁がよく効いていて卵はふんわり。前から思ってはいたけれど、器用な男だ。インスタントラーメンで惨事を起こした沖田君とはえらい違いだ。

私が労いの意味も込めて彼の盃に冷酒を注ぐと、土方君はそれをくいっと飲み干した。

ジョーカー

火が燃える、火が燃える。

新撰組隊士の命が虫けらのように散ってゆく。

業火(ごうか)に潰(つぶ)されるように、命が一つ消え、二つ消え。

彼らの一助となる前に、私は私を捨ててしまった。


書斎でうたた寝をしていた私ははっと目を開けた。

いかん、大学ノートに涎(よだれ)が。

妻からの差し入れはコーヒーとガトーショコラだった。コーヒーとチョコレートってどうしてこんなによく合うんだろう。きっと前世で恋人同士だったんだ。そんなしょうもないことを考える。

そう言えば妻は紗々女ではないのだった。

その事実が、私の気持ちを些か重くしていた。

前世が誰であれ、妻は妻。愛妻に代わりはないのだが。

「夜の考え事は止めたが良いぜ」

背後からの声にびっくりして振り返ると、土方君が腕を組んで立っている。いきなりいるの、止めてくれないかな。心臓に悪いから。

「どうしてだい？」

「気が滅入(めい)って、良策も浮かばねえからな」

「成程」

「それよりあんた、最近、術者に会ったか？」

「術者？」

「ああ。呪術(じゅじゅつ)の匂いが微(かす)かにする」

はて。

そんな大層な人に会っただろうか。

「――ああ、陰陽師の末裔(まつえい)には会ったよ」

「それだな。気をつけろ」

「うーん？　うん」

鷹雪君がそんな危険人物とも思えないのだが。

物憂(ものう)い口調で、土方君が続ける。

「術の使える奴には、問答無用で俺たちを消そうとするのもいるからな」

「まさか」

私は一笑に付したが、鷹雪君の怜悧と繊細がない交ぜになった印象を思い出す。

……彼は私たちにとってのジョーカーとなり得るのだろうか。

「あ！」

「何だ」

「斎藤君はまた来るかな？」

「来るんじゃないか」

「良かった」

「どうして」

「だってまだ、握手してもらってないから」

土方君が私に、非常に白けた目を向けた。しょうがないじゃないか。

有名人に会ったら、握手にサイン、これは鉄板である。そうだ、色紙も用意しておこう。

サイン

帰宅したら縁側には沖田君の姿はなく、土方君と斎藤君が顔を寄せ合って何やら話し込んでいた。二人共、私の気配を察すると途端に口を噤(つぐ)む。斎藤君は私に軽く会釈した。

一体、何を話していたのだろう。

桜の細い一枝に、烏(からす)が留まり、こちらを睥睨(へいげい)している。

土方君がニヒルな笑いを浮(う)かべて、私にも着座を促した。つくづく、一挙手一投足が様になるイケメンである。

「何の悪巧(わるだく)みだい」

私は塩煎餅(せんべい)をぼりぼり食べながら彼らに尋(たず)ねる。

土方君は知らぬ存ぜぬ、と言った顔で、斎藤君は視線を明後日の方向に向けた。

ず、ずーと緑茶を飲んで、私は切り出す。

「沖田君が影という話かな」

二人して驚いた顔をする。かまかけだが当たったたようだ。

「土方君が話したんじゃないか。本当の沖田君は別にいるって」

沖田君をはりぼてだと言った土方君。それと烏の言っていた影とは同じことを指すのだろう。

しん、と静まった場に、妻が台所で立ち働く音だけが響く。

明るい日常の営みの音色。

「あいつを正道に戻してやる必要がある」

「どうやって」

「あんたが知り合った陰陽師の末裔とやら。そしてあんたの力が必要だ、さんなんさん」

私はきょとんとした。

「鷹雪君は危険じゃなかったのかい？」

「使える毒なら使うさ」

何ともな言い様だが成程、土方君らしい。

「私には何の力もないよ」

「いいや、あんたにしか出来ねえことがある」

土方君の真剣な眼差しには光が宿り、私が女子であれば赤面していたことだろう。残念なことに、男だが。

あ、それはそうと。

「ちょっと待っててくれ」

私は書斎に行き、縁側に引き返した。

土方君と斎藤君に、それらを渡す。

「……何だ、これは」

「色紙と筆ペンだよ。サインペンより、筆ペンのほうが雰囲気があって良いだろうと思ってね」

得意満面で告げた私に、土方君と斎藤君が、互いに顔を見合わせて、どこか憂いある面(おもも)持ちになった。

知っていた

近藤さんの組織した甲陽鎮撫隊が動く。甲州へと。土方君は永倉君と原田君らと行動を別にした。人の輪の脆さ、幕府という、陽だまりにあった大樹の内側の腐敗による脆さよ。大樹は折れる。崩れる。懐かしい人たちが次々と死ぬ。

もう止めてくれ。
もう奪わないでくれ。

私の声は届かない。

沖田君の死は覚悟していた。

しかし土方君の死は――。

近藤さんは新撰組の旗頭だったが、土方君は根幹、屋台骨だった。

彼の死と共に、事実上、新撰組もこの世から消滅したのである。

私は悲しくて堪らなかった。

浮遊しながら泣いていた。遣り切れない思いで胸が引き千切れんばかりだった。


そ、と肩に置かれた手に目を覚まし、顔を上げる。

「大丈夫？」

「――――うん」

私は、妻に答えて、書斎の椅子に座ったまま、彼女の腰に腕を回した。温もり。柔らかで穏やかな匂いがする。

「泣いて良いかな」

「良いわよ」

妻は私を甘やかす優しい声で答えた。

「……沖田君が好きだったんだ」

「ええ」

「近藤さんも、土方君も」

「ええ」

「斎藤君、山崎君――――――――」

それから先は言葉にならない。

「ええ、よく知っていたわ。貴方」

妻が私の髪を梳いてくれる指の感触が心地好くて、私は妻の言葉を深く考えようとはしなかった。

密会

ここはどこだろう。

無明の闇だ。

自分の手も見えない暗闇に独り。

私は慄然として声を上げた。

「誰か。誰かいないのか」

自分の声は聴こえる。そのことに辛うじて安堵する。

やがて闇にぼう、と灯りが点る。少年が、牡丹柄の灯籠を提げてこちらに歩いてくる。

「……鷹雪君」

闇に現れたのは、鷹雪君だった。純白の狩衣姿だ。夢ならではだなと、私は妙な感心をする。

鷹雪君はふと微笑する。そうすると少年の怜悧な容貌に、独特の色気が加わる。

「悪かったな。邪魔のないところで、あんたと話がしたかったんだ」

「これは夢かい？」

「俺の夢と、あんたの夢を繋げた。結界に取り込んだ、と言ったほうが正しいか。――そ
の鯉口を切らないでくれよ」

「え？　あ」

私は気付くと新撰組の隊服を着て、帯刀し、刀に手を遣（つか）っていた。これではまるで、新撰組隊士のようだ。もう、私は私でしかないというのに。

「この恰好（かっこう）も君が？」

「いや、それはあんたの無意識下の現れだ」

「そうか。話って？」

「あんたに憑いてる者について聴きたい。まあ、あんたのそのなりを見たら、おおよその察しはつくけどさ」

さらさらと、水の流れる音がする。今までは無音だったのに。お誂（あつら）え向きに川岸に長椅子のような形状の岩がある。私と鷹雪君はそこに腰掛けた。灯籠の牡丹の柄が艶（あで）やかだ。

私は鷹雪君に訊かれるまま、沖田君たちについて話した。自分の夢や、前生に関しても。鷹雪君は細い顎（あご）を指で軽く摘（つ）まみ、私の話に相槌（あいづち）を打っていた。話が沖田君の影や烏の段に及んで、彼の眉間に皺が寄る。

「性質の悪い精だな」

「せい？」

「あらゆる物、生き物が変化する可能性のある一つの姿だ。善をなす者もいれば、その逆もいる。その烏が必ずしも有害とは限らないが、事態を知りつつ悦（えつ）に入っている可能性はある」

「土方君は、沖田君が転生の輪に戻るのに、君と私の力が要ると言っていた。協力してくれるかい？」

鷹雪君はすい、と立ち上がった。白い狩衣装束なので、まるで真っ白い大きな鳥が舞い上がったように見えた。

「死霊と慣れ合う気はない」

「私とて、死霊の端くれと言えぬ身ではないのだ」

むきになった私の口調は、自然、さんなんさんとなっていた。鷹雪君がちらりと私を見下ろす。不遜な言動が似合う少年だ。

「あんたは、別だ。既に転生を果たしたところを、過去の霊に憑かれることで、前世を思い出した。そして、えてしてそうした存在には、清らなる力が宿る。土方歳三が目をつけたのも、大方そんなところだろう」

「協力してくれ」

「……約束は出来ない。冥界に関わる事象では、情に流されるのが最も命取りだ」

鷹雪君はそう言うと、踵を返した。

闇の中、白い後ろ姿が遠ざかる。

あとには川のせせらぎと、牡丹の咲く灯籠だけが残った。

囲碁勝負

その夕刻、帰ると沖田君と土方君が縁側で囲碁を打っていた。

暮色が迫るのを背景に、二人共、真剣な顔だ。だが、私が帰ったのを見て、その顔がふと緩（ゆる）んだ。同志を迎える顔だと感じた私は、不覚にも胸が熱くなった。

「どちらが優勢だい？」

「互角ですかねえ」

「嘘吐け、総司。俺だろう」

「土方さんは何でも自分の良いように解釈したがる」

気の置けない間柄同士だからこその会話だ。

そのうち、沖田君がぷっ、と吹き出した。

「憶えてますか、土方さん。三浦君のこと」

「三浦……？」

「ほら、僕たちの囲碁勝負の最中に、傍で見物してた大阪浪人（おおさかろうにん）に斬りかかってきた……」

「ああ、あいつか」

「どうも刀の腕前を軽んじられた恨みだったらしいですが」

「あれは業腹だったな。おまけに背中から斬りつけやがって。理由を問い質したら、総司の言った通りのもんだったから、お前が『本当にそうでしたね、この有り様ですから』なんぞと笑うから、奴もぽかんとしてたな」

「ええ。それから数日後の夕方、彼に『三浦君、どこかへお供したいな』と冗談を言ったら、彼、僕に暗殺されると思って真っ青になって」

「芦谷昇と脱走したんだったな」

「そうそう」

二人してけらけら笑っている。

いや、結構、笑えないよ？

だって天才剣士に斬られるかもって考えたら、それだけで冷や汗ものじゃないか。

私は三浦君に同情した。

ん。

でも確か三浦啓之助は、短気、我が儘、乱暴、大酒飲み、と良い評判が残っていなかったな。

私の沖田君研究でもその名は出てきたが、行状、芳しからず。かの有名な洋学者・佐久間象山の遺児で、仇討ちを目的として加入したは良いが、あとは前述した通りの凡そ志に相応しからぬ振る舞いをする人物だった。

それにしてもまあ。

土方君と沖田君の囲碁の最中を狙うだなんて、もっと機会を選びなよと言いたくなる。

囲碁の分が悪くなったと頼まれ、途中で土方君と代わった私は沖田君に勝った。

沖田君は唇を尖らせて、ずるいですよ土方さんと言い、土方君はにやにやと笑ったのだった。

鷹雪君の夢の件を、私は言いそびれた。

イニシャルG

「そっちへ行ったわ！」

　これは妻。

「任せろ！」

　私。

「回り込め！　絶対に逃がすな！」

　土方君。

「僕がやります」

　沖田君。


　まるで捕り物かと思うような台詞だが、ゴキブリ退治である。そろそろ彼らの跋扈する季節になってきた。イニシャルGの、黒い艶光りするスーツのお客様。沖田君は丸めた新聞紙で彼(?)を一撃で仕留めた。さすがである。招かれざるお客様を一打で再起不能にした。私は彼(?)の亡骸をティッシュにくるみ、生ごみのポリバケツに入れた。

「昔はそんなに見ませんでしたけどねえ」

「人間も餌も増えたしな。それに最近、湿ってるからな。だからじゃねえか」

イニシャルG退治を終えた沖田君と土方君、私は縁側に座り、やれやれと妻の出してくれたカルピスを飲んだ。甘くて美味しい。後顧の憂いのなくなった妻は、早速、夕飯作りに取り掛かっている。ご苦労様。いつもありがとう。こうした感謝の気持ちは大事で、時々、言葉にすることは更に大事である。

一服する私たちを嘲笑うように烏が鳴いた。

桜の樹の枝の上。橙色の中の黒い一点。

土方君が刀の柄に手を遣る。

烏は土方君の殺気を察知したのか、飛び立って行った。漆黒の羽が舞う。

私は改めて鷹雪君の話を沖田君と土方君に伝えた。彼らは真剣な面持ちで聴いている。

「陰陽師のガキか。やっぱり気に食わねえな」

力が要るとは言ったものの、いざ彼の話を詳細にすると、苦手意識が先立つらしい。沖田君が笑う。

「気に食わない子供だったのは、土方さんも同じでしょう?」

「違いねえ」

土方君も笑った。ああ、無愛想を絵に描いたような子供だったんだろうね。

容易に想像がつく。

「私にそんな力があるとは思えないのだけれど」

私がそう言うと、沖田君も土方君も笑顔を引っ込めて、まじまじと私を見た。

「何だい？」

沖田君が嘆息（たんそく）する。

「変わってませんねえ、さんなんさん」

「己（おのれ）を過小評価するのは、愚（ぐ）の骨頂ってもんだぜ」

何だか二人して諭（さと）された。私はカルピスをがぶりと飲んだ。土方君が面白がるような目で私を見ている。

私に出来ることなど何もない。

昔も、そして今も。

なのに沖田君たちは、さも私が特別であるかのように言うのだ。

照れる以前に釈然（しゃくぜん）としない感情があって、私はたん、と硝子（ガラス）コップを置いた。

白と黒

夕飯は鍋だった。暑い時分に熱いものを、というのも乙（おつ）である。

私は書斎に籠り、今日の出来事（イニシャルGのことなど）を書きとめ、沖田君研究の続きをしていた。沖田君が慶応（けいおう）四（１８６８）年に亡くなってからも、土方君は戦い続けた。勝てる見込みのない戦を、最後までやり通したのは、全く土方君らしいと言って良い。近藤さんの潔（いさぎよ）さもまた、彼らしく、どちらを武士の、いや、人としての美とするかは判じ難いものがあった。

目まぐるしい戦局の中を、沖田君だけがぽつねんと病床で過ごしたのだ。寂しかっただろう。歯痒（はがゆ）かっただろう。

ミルクティーを飲み、エクレアを食べながら、私は湿っぽい息を吐いた。

「何か考え事ですか」

声にぎょっとして振り向く。

「――――斎藤君」

土方君といい、心臓に悪いから、いきなりの怪奇現象は止めて欲しい。

「色々とね」

「そうですか」

沖田君と並ぶ、新撰組の遣い手だった斎藤君は、当時から何を考えているのか、よく解らないところがあった。

「話を聴きました」

「ああ、鷹雪君の」

要点のみを語るのは斎藤君の癖だ。

「白と黒の融和(ゆうわ)するところがあれば良し」

斎藤君は変わらぬ表情で続ける。彫刻刀(ちょうこくとう)で削り出したような鋭い輪郭(りんかく)。

「融和しないようであれば、俺が白を斬る」

無敵の剣と称された男の言葉に、私が斬られた心地になった。

剣の達人

新撰組の名にし負う剣の達人と言えば。
沖田総司。
斎藤一。
永倉新八。

まあ、このあたりの名前がまず挙がるだろう。

「猛者の剣と無敵の剣かあ」

ぼりぼり、とかりんとうを齧りながら私は呟きを落とす。黒糖いいよねええ。そろそろ縁側も蚊の出る心配をする季節になってきた。蚊取り線香、どこだったっけ。ひょい、と後ろから私の持っていたかりんとうの袋に手が伸びる。土方君だ。沖田君は私の右隣でのんびりお茶を啜っている。……これが猛者の剣の当事者である。対して斎藤君は無敵の剣と称された。
「何でえ、さんなんさん。総司と斎藤が気になるのかい」

「うん？　いや、二人共、強かったんだなあと思ってね」

土方君と沖田君が、妙な顔になる。

何か変なことを言ったかしらん。

「僕たちはさんなんさんが怖かったですけどね」

「私？」

「はい」

沖田君の顔は大真面目だ。

「こちらの太刀筋(たちすじ)を読み、素早くそれに対応する。まるで論語(ろんご)を暗唱するようにさらさらと。さんなんさんの剣は、川のせせらぎのようだった。攻撃は全て受け流され、反撃の精妙(せいみょう)さは類がない。そんな剣客が日本にどれだけいますか。言うのは容易(たやす)いですけど、すごいことなんですよ」

「え？　さんなんさんってそんなだったの？」

イメージ的には文武両道だけど、学問寄りの秀才である。

「そんなだったのですよ。学んだのも多流派に及びますし、柔術の達人でしたから、剣がなくてもそこらの素浪人(すろうにん)を平気でいなせていました」

「へえ。すごいねえ」

まるで自分のことだとは思えない。

沖田君が嘆息した。そして自棄のようにかりんとうを貪る。

土方君はくっくっ、と咽喉の奥で笑いながら、同じくかりんとうを食べていた。

土方君はやくざ剣法みたいに言われてたな。正統派の剣術ではない、と。それにしたってねえ。私がねえ。いつぞや、チンピラに襲われた際の沖田君の鮮やかな剣捌きを思い出す。あんな達人が、さんなんさんを怖いと言う。


やっぱりぴんと来なくて、私はかりんとうを食べ続けた。夕飯が入らなくなるから程々にしなさいね、と妻の声が掛かった時には、もうかりんとうの袋は空になっていた。陽射しはすっかり夏で、太陽は沈み切る様子を見せず粘っている。夕飯の前に風呂に入ろう。

鷹雪君と斎藤君

紗々女が私の手を引いている。

あたり一面、無数の風車が回っている。

お地蔵さんが並んで、何だか物悲しく白々とした明るさに満ちた空間だ。

紗々女の足が止まったところを見ると、小さな墓石があった。不意打ちに、胸が痛む。これはあの子の墓なのだろうと、なぜだか直感で解った。

けれど大丈夫だと紗々女が言う。

もうすぐきっとまた逢えるからと。

けれどその為には――。


純白の狩衣姿が立っている。

鷹雪君。

その向かいに斎藤君が立っているのを見て、私は冷水を浴びせられた心地になった。紗々女の手を解き、駆け寄って両者の間に入る。斎藤君は刀の鍔（つば）に手を掛けていた。鷹雪君は臆（おく）せず、斎藤君を検分するように見ている。

「駄目だ。止めろ、斎藤君」

「退いてください、さんなんさん」

「頭を冷やせ。ここは夢。鷹雪君の領分だ。幾ら君でも不利だ」

「それは、解らない」

言ったのは意外にも鷹雪君だった。

「強い意志を持つ魂魄は、如何に俺のテリトリーでも御し切れない可能性がある」

「鷹雪君、土方君と話し合ってくれ。斎藤君も、それなら構わないだろう？」

私たちの膝程に伸びた草の、緑の草原がざわめいていた。全てが単調な白に似た世界で、草の緑は何だか嘘っぽかった。

斎藤君の白刃を、受けたのは私の刀だった。

鞘から抜いてはいない。黒い漆に傷がつく。斎藤君が物言いたげに私を見る。私もまた、真っ向から彼を見返した。どうして自分にこんな芸当が出来るのか、考える余裕も私にはない。

斎藤君は黙ったまま刀を鞘に納めると、鷹雪君を一瞥して踵を返した。

紗々女が怯えていないだろうかと振り返ると、そこには誰もいない。鷹雪君まで消えていた。ただ吹く風に前髪が私の額を撫ぜ、私は一人きりの心許ない思いを味わったのだった。

お誕生日会・前

ご住職に耳寄りな情報を聴いた。

もうすぐ、鷹雪君の誕生日らしい。私はご住職に了解を取り、妻にその旨を伝え、彼の誕生日会を我が家で行う段取りをつけた。

目的はもちろん、斎藤君たちとの親睦(しんぼく)である。

妻が散らし寿司を作り、麩(ふ)の浮いた吸い物も用意する。私は仕事帰りに苺の生クリームケーキをホールで買ってきた。丁度、うちには沖田君、土方君、斎藤君が揃(そろ)っていた。しめしめ。

ほくそ笑む私を、三人が不気味そうな顔で見ている。

足りない椅子は寝室の物を運んできた。

「さんなんさん、一体、誰が来るんだい？」

「それは来てからのお楽しみさ」

そうは言っても察しの良い土方君のことだ。あらかた、予想は出来ているだろう。腕組して黙っている斎藤君にしてもそうだ。彼らには誕生日会という概念(がいねん)がぴんと来ないらしいが、まあそんなものかもしれない。

やがてチャイムの音が鳴り、妻が軽やかに駆けて行く。

「いらっしゃい！」

制服姿の鷹雪君が、妻にはにこやかに挨拶した。社交辞令は心得ているらしい。純白の狩衣姿より、年相応に見える。


さて。次が問題だ。

リビングに踏み入った鷹雪君と、浅葱色の三人の間に、見えない緊張感が走ったように思えた。取り分け、斎藤君と鷹雪君の間に。土方君はどこか面白がる目で、沖田君はきょとりとした風情だ。斎藤君との間にはピリピリしたものを感じる。斎藤君と鷹雪君って、前世で西瓜と天麩羅だったのかしらん。喰い合わせが悪くて今も仲が悪いとか。あ、斎藤君は前世も何も幽霊だけど。

とりあえず動かなければ食事も出来ない。私と妻に促され、四人は着座したのだった。


「誕生日おめでとう、鷹雪君」

「ありがとうございます」

「ええと、何歳になったんだい？」

「十六ですね」

「十六かあ。若いなあ。良いなあ」

「まだ青いな」

ぼそりと呟いた斎藤君の言葉に、鷹雪君の形の良い眉がぴくりと動く。

「いつまでも成仏せず、俗世にしがみついている者に言われたくはない」

「まあまあ、二人共。食べて食べて」

ああ、妻よ。ありがとう。

妻が散らし寿司をよそって差し出したお椀を、二人は素直に受け取って、揃ったように目礼した。

波乱に満ちた誕生パーティーの始まりだった。

お誕生日会・後

土方君と沖田君は、鷹雪君など眼中にない様子で飲み、食べている。私も最初こそ鷹雪君と斎藤君の張り詰めた空気にはらはらしていたが、酔いが回ってくるとまあ良いかあ、という気になって、妻お手製の散らし寿司を堪能した。この、桜でんぶが散ってるの、可愛くて好きなんだよな。黄色い卵との色も好対照だし。蓮根(れんこん)も、海老(えび)も美味しい。私が今夜の趣旨(しゅし)を忘れかけた頃だった。

「坊やの呪術歴は長いのかい」

鬼の副長が、盃(さかずき)を呷(あお)って言った。

坊や、と言われたことが気に障(さわ)ったのか、鷹雪君は数秒、沈黙してから答えた。

「五歳の時から学び始めた」

「まだひよっこだな」

「師匠に遠く及ばないことは確かだ」

「お師匠さんがいるのかい？」

「祖父です」

「成程」

思わず訊いたのは私だ。

「十六では、まだこの業界では物の役にも立たない」

鷹雪君は言う。自嘲ではなく、淡々と。

十六と言えば沖田君などはもう出稽古に行ったりしていた年齢だ。陰陽師と剣士とでは違うのかもしれないが、「栴檀は双葉より芳し」の例えを地で行った沖田君のように、恐らく鷹雪君も相当の実力者に相違ない。

だからこそ、土方君が見込んだ。そして斎藤君が警戒した。

「俺たちを祓いてえか」

「こちらのご夫妻の、害になっているようなら」

「家に入る前に秘呪を唱えたな？」

鷹雪君の目が真っ直ぐ土方君を見返す。大した胆力だ。相手はあの、土方君だと言うのに。

「東海の神、名は阿明、西海の神、名は祝良、南海の神、名は巨乗、北海の神、名は愚強、四海の大神、百鬼を避け、凶災を蕩う。急々如律令」

滑らかに、鷹雪君は言い放った。土方君たちに動じる様子はない。

「妖怪や鬼神の類を避ける神言だ。これでお前たちが一瞬でも消えるなら、または何等かのダメージを受けるなら、調伏する積りだった」

「お偉いことだな」

土方君が微笑む。

私の首筋がちり、となった。

土方君のこういう微笑は、怖いのだ。心の奥底で、笑みとは全く遠いことを考えている。

だがそんな土方君をものともしないのが沖田君だった。

「ふうん。鷹雪君はすごいんですねえ」

本気で感心している。そう言えば沖田君は子供好きだ。鷹雪君のことも、どこか弟のように見てしまうのかもしれない。ぱくぱく、散らし寿司を食べながら笑っている。こっちは本当の笑顔だ。そのことに私はほっとした。

「ねえ、そんなことより早く食べ終わって頂戴な。ケーキを切りましょうよ」


妻の相変わらずのKYにもほっとする。何は無くても食べねばならぬ。それが妻なのだ。人なのだ。それで良いではないか。

16と象られた蝋燭がケーキの上に立ち、炎が揺れる。

炎が揺れて、私はハッピーバースデーと歌おうとした。歌おうとした時に、地面が揺れた。

最後に見えたのは妻の驚いた顔。

私は暗闇の混沌に落ちて行った。誰かの腕が私の右手首を掴み、引っ張り上げようとした。

だが私は、その人物諸共、闇に落ちていた。

闇の向こうでは、炎が燃えている。

まさかのタイムスリップ

赤々と燃える町並み。逃げ惑う人々。怒号と悲鳴。

私は目の前の光景を茫然として見ていた。袖を引かれて振り向くと、蒼褪めた顔の鷹雪君がいる。沖田君、土方君、斎藤君も一緒だ。

私たちは小路の脇に棒のように突っ立っていた。

「どういうことだ、これは」

「……長州藩邸が燃えている。これは。いや、ここは」

「――――元治元年。禁門の変、か?」

土方君と斎藤君の戸惑う声に、答えたのは他ならぬ私だった。

私は遠くに見える旗印を指差した。

「毛利家の家紋だ」

横棒一本の下に三つの丸。

長州藩邸が燃えているということは、即ち今は元治元(1864)年、七月二十日だ。

七月十八日の夜、会津に対して戦端を切った長州は、敗北を喫した。七月十九日の未明、伏見から進撃した福原越後の軍勢は大垣、彦根の藩兵に破られ、他の国司信濃らが率いる約七百の手勢は蛤御門に攻撃を集中したが、会津、桑名、更に加わった薩摩兵に掃討された。

山崎天王山に布陣していた久坂玄瑞、真木和泉は御所を目指すも、一橋慶喜率いる軍勢、会津、薩摩、桑名の軍勢に囲まれ、久坂は鷹司邸で自刃する。新撰組は九条河原を固めていた。幕軍の威勢、大いなるところの報せが入る度、守護職よりの命により動けない立場を悔しく思っていたのだ。

新撰組が堺町門まで馳せ参じた時には、既に戦いの趨勢は決まっていた。真木和泉は天王山に立て籠もっていたが割腹して火中に果てた。

「どうなっている。陰陽師の小僧、お前の仕業か」

またも土方君による策略かと考えていた私は、意表を突かれて鷹雪君を見た。

鷹雪君は、自分でも信じられないという顔をしている。

「……秘呪の副作用だ」

「何だと？」

「死んだ魂魄、それも強力なものが三つも集い、一人は生きながら清涼たる力を備えている。俺が唱えた呪言が、これら全ての条件で作用して、時を超えた。……恐らく」

清涼たる力って私のことだろうか。皆目、覚えがないが。

「なら、もう一度秘呪を唱えれば戻れるだろう」

斎藤君の言葉に、流石に頷いた鷹雪君が再び、魔除けの秘呪を唱えた。

しかし、火に煽られた熱風が過ぎ行くばかり。

「……戻れないのか」

土方君の声に宿るのは猜疑（さいぎ）、落胆、僅（わず）かな歓喜。

彼はまだ諦めていないのだ。

その時、四、五人の、甲冑を纏（まと）った男たちが私たちを見つけて叫（さけ）んだ。

「新撰組だ！　新撰組がいるぞ！」

敗残兵の爛々とした目を、私は恐ろしいと思った。

血走り、濁り、淀んだ双眸。


もっと恐ろしかったのは、いつの間にか新撰組の隊服を着て、帯刀していた自分の手が、自然に刀の束に手を掛けたことだった。鷹雪君を守らねばならない。それ以前に、私は眼前の敵を、斬る対象として見なしていた。余りにも自然に。

「さんなんさん、あんたは出るな」

土方君が一言、告げて沖田君と斎藤君が疾風の如く駆けたあと、兵士たちはくずおれた。まるで神技だ。先程まで息をしていた者が、今は血を吹いて事切れている。

鷹雪君を振り返れば嘔吐している。無理もない。

私でさえ胸が悪い。

「彼らに僕たちは見えるようですね」

平然として沖田君が血脂を懐紙で拭いて刀を鞘に納める。

「おい小僧、同じ時代に俺たちもいるのか。いつまでも吐いてねえで答えろ」

「土方君」

「…………いる、だろう。鉢合わせしない必要がある」

「そいつぁ、何でだ」

鷹雪君の危惧は私にも解った。存在してはならない同一の人間が顔を合わせることは、多くの歴史物でタブーとされてきている。ビッグバンが起こる、などと囁かれてもいる。

「しばらく、身を隠す必要がありそうですね」

斎藤君の言葉に、土方君が顎を撫でさする。思案しているのだろう。

「一条堀川にでも行くか」

「当てでも？」

「俺の馴染みの女がいる。この頃はご無沙汰だったから、丁度良いだろう」

「それは良いかもしれない」

意外にも、すぐに賛同の声を上げたのは鷹雪君だった。

「安倍家の息が掛かっている領域だ」

成程。

現実的にも非現実的にも、便の良い場所なのだ。

ところで。

「ここから歩いて行くの？」

私の声に、その場の全員が情けなさそうな顔をした。

だって刀って重いんだよ。隊服は暑いし。
市バスに乗って行きたくもなる。

京町屋

　私たちは人々の混乱の間を縫うように一条堀川に向けて歩いた。私たちがいたところは河原町通二条だったので、上がりながら西に進むことになる。新撰組の隊服は目立つので、羽織を脱いで小脇に抱え、歩いた。当たり前だが、私の知る京都とは随分、違う。けれどこの町並みにしっくりくる自分もいて、それはさんなんさんの感覚なのだろうと思う。

　幸いにして一条堀川まで、そう距離はなかった。

　町屋の一つに土方君が声を掛け、出迎えた女性は目を真ん丸にして、私たちを家に入れてくれた。

「随分、お見限りどしたなあ」

「悪い、百合音」

　百合音さんは唇の左斜め下に黒子のある、艶やかな女性だった。土方君、やはり隅に置けない。夜着ではないところを見ると、百合音さんもただならぬ情勢に、警戒していたようだ。いつでも家を離れられるよう、身の回りの物を纏めた風呂敷包みがあった。天井が低く、虫籠窓がある中二階の二階に案内された私たちは、とりあえず人心地ついた。隊服を着ている私や土方君と斎藤君はともかく、現代の恰好をしている鷹雪君を、お茶を持ってきてくれた百合音さんは些か奇異の目で見た。

再び土方君を見て、言う。

「髷、切らはったんどすなあ。何や今風にならはって」

「ああ」

土方君はしれっとした顔で出されたお茶を飲んでいる。

土方君は総髪だし、私はこの時代で言うとざんぎり頭ということになるのだろう。

火の手がここまで回っていなかったのは僥倖と言える。だがやはり空気は熱を含み、燃え盛るもののあることを肌に知らせる。百合音さんは鷹雪君を見て、浴衣一式を出してくれた。私たちの分まである。

「これを着て、お休みください」

「悪いな」

「いえ。ほな、うちはこれで」

今頃、新撰組は堺町門なのだろうか。タイムラグ等の関係でよく解らない。ここにいれば当時の土方君や沖田君、斎藤君と今、鉢合わせしないことは確かなのだろう。私はそこで重大な問題に気づいた。着替え始める沖田君たちを見ながら、私は固まっていた。

「どうした、さんなんさん」

「……着物の脱ぎ方と浴衣の帯の結び方が解らない」

土方君たちに、またもや情けない顔をされた。仕方ないじゃないか。こちとら現代人なんだから。

十畳の座敷に私と土方君と斎藤君、六畳の次の間に沖田君と鷹雪君が寝ることとなった。

鷹雪君は陰陽師なだけあって、私程、狼狽（ろうばい）することもなく現実を受け容れ、一人で浴衣にも着替えた。狩衣（かりぎぬ）装束が着られるくらいだ、浴衣などは朝飯前なのだろう。けれどやはり一抹（いちまつ）の心細さはあると見えて、目の奥に揺らぐものが見える。大丈夫だろうか。眠れるだろうか。

――それは私に関しても言えることだが。

結果的に言うと私はぐっすり寝た。

蒸（む）し暑（あつ）い夜だったが、疲れもあったのだろう、敷かれた布団に横になるとすこん、と眠りに就いた。

夢の中で妻が笑顔で料理していた。

私は矢も盾もたまらず妻に逢いたくなった。

目覚めると見慣れぬ襖（ふすま）が目に飛び込んできて、一瞬、混乱したが、ああ、そうだったと得心した。

朝食は白米と漬物、豆腐の味噌汁。

それだけだったが、その単純な料理の滋味がやたらと沁みた。

「眠れたかい、鷹雪君」

「ああ」

さて。これからが問題だ。

沖田君はのんびり味噌汁を飲んでいるが、土方君のことだ、何も考えていない筈はあるまい。

案の定、言い出した。

「屯所に様子を見に行く」

「ええと、この時期の屯所と言うと」

「壬生の郷士屋敷だ」

「見に行ってどうするんですか」

ぱりぽりと胡瓜の漬物を齧りながら沖田君が尋ねる。斎藤君は黙って土方君を見ている。

「この時代の俺たちと鉢合わせしないように、近藤さんと今後の話をする」

「――――それは駄目だよ」

「なぜ」

「歴史を変えることはタブーだ」

「俺たちが今、ここにいる。それもまた、歴史の事象の一つじゃないのか。さんなんさん」

流石、切れ者の土方君は鋭いところを突いてくる。

よくタイムトラベルものの作品で取沙汰されるテーマだ。鷹雪君は我関せずといった顔、沖田君と斎藤君は土方節には慣れたもので平生の顔である。

待って。

この中で、危機感を抱いてるのって私だけ?

鷹雪君は歴史の改変にそこまで頓着しないようだし、沖田君や斎藤君も抵抗感はまるで感じられない。いや、心中では寧ろ事態を歓迎さえしているのかもしれない。

「僕たちが動けば」

ぽつりと沖田君が呟く。

「さんなんさんを死なせずに済むかもしれませんね」

抹茶パフェが食べたい

この時代にもう一人の私がいる。

それは奇妙な感覚だった。

結局、沖田君と土方君が屯所に赴くことになった。大丈夫だろうか。

私はわだかまっていた疑念の一つを、この際だからと土方君にぶつけた。

朝食を終え、目立つ隊服ではなく普通の武士の恰好に着替え、通り土間を歩く土方君。どこか意気揚々として見えないでもない彼に。

「土方君」

「何だい」

「私に平山五郎を殺させたのはどうしてだ」

土方君の動きが一瞬、止まる。

「眉目清秀にして頗る美男子たり」と書かれた顔が私を凝視する。

「……必要だったからさ」

「君の立場においてかい？」

沖田君がちらりと、私、それから土方君を見る。

平山五郎が芹沢鴨と謀殺される必要があったのは、近藤さんと土方君の序列向上には欠かせなかったからだ。平山は当時、組織内で急激に台頭していた。芹沢だけでなく、近藤さんたちにとっても彼は邪魔な存在だった。……芹沢の蛮行を止めると同時に、組織を手中に、そしてそれまでより上位であろうとするのであれば、平山が同時に殺されたのも頷けるのである。これは沖田君研究をするにあたり、私が出した推論だった。

土方君はにやりと笑った。

「行ってくる。さんなんさんは陰陽師の小僧と大人しくしていてくれよ。斎藤、頼んだぞ」

私の後ろにいた斎藤君が首肯する気配がある。

土方君は弁明も言い訳もしない。

歴史の必然だと、そう思っているのだろうか。

この時代にいるもう一人の私は、当時、どう思っていたのだろう。

さんなんさんの記憶は鮮明になるかと思えば夢のように遠ざかり、私を困惑させることがしばしばあった。

百合音さんは野菜を洗ったり切ったりとてきぱき働いている。手伝いを申し出たら、笑って「堪忍どすえ」と言われた。彼女は夫君を亡くした後家さんで、それまでの蓄えと、三味線を教えることで生計を立てているらしい。

私たちの存在は邪魔だろうに、そんな気配は微塵も見せない。

私は斎藤君に着付けてもらった着物姿で座敷に仰向けに転がった。うーん、と伸びをする。

土方君たちは、自分と鉢合わせせずに済んでいるだろうか。あんまり考えると怖いので、私は思考を途中で放棄した。そして、どうせ京都にいるのなら抹茶パフェが食べたいと思った。

タクシー！

ひらひらと、舞い遊ぶ白い蝶が、手を伸べた鷹雪君の指先に留まった。鷹雪君は微笑を滲ませた。すると、蝶は煙のように掻き消えた。

「梅小路に行く」

「どこ、そこ」

「下京区……、八条のあたりか」

「へ？　何でまた」

土方君に大人しくしていろと言われたじゃないか。

「安倍、もとい土御門の現当主・土御門晴雄に逢う。わたりはついた。やはりここは、術の効きが良い」

さっきの蝶は、どうやら式神だったらしい。

「晴明神社が近いからかい」

「ああ。今はだいぶ、荒廃しているようだが」

「現代に戻る術を訊くの？」

「そうだ。陰陽道の大家だ。役に立つ助言の一つや二つ、くれるだろう」

斎藤君は黙って私たちの会話を聴いている。

元から寡黙なほうだが、鷹雪君の話には、今は口出し無用と考えているようだった。

しかし。

「……歩いて行くの?」

「そうなるだろうな。まだ火は収まっていない。駕籠(かご)屋もほぼ機能していないだろうし」

一条から、八条まで。

重い日本刀を差して。暑い中。

タクシーでも呼びたい気分だ。

かき氷

　左腰が重い。刀大小って、計二キロとか聞いたことあるんだけど、私は今、ちょっとしたお米袋を左にぶら下げて歩いていることになるのか。そして往来にはまだ火の手が幾つも上がり、焼け出された人々が虚ろな眼でぼう、と座り込んだりしている。胸が痛む。

　道先案内は斎藤君が買って出てくれた。鷹雪君も、この時代の京都の地理にはまだ疎い。東寺、教王護国寺が見える。妻との観光旅行でも見た。いつの時代でも変わらないものはあるのだなと、感慨深くなる。

　しかし、炎がこうも民家を舐める光景を、私はこれまで見たことがない。所詮は戦後の生まれだ。戦火の悲惨というものを知らない。途中、無頼漢に遭ったりもしたが、斎藤君が虫を払うように退けた。頼もしいことこの上ない。

　それにしても暑い。

　時期的な暑さに加え、火による熱が加わり、私たちは歩き出してすぐに汗みずくになった。熱中症対策とは、などと霞がかかり始めた頭で考え始めた頃、ようやく、梅小路に着いた、と斎藤君が告げた。

　土御門邸は豪壮な邸だった。

案内も受けず、鷹雪君が門を潜り、続けて私と斎藤君が潜った。斎藤君は常に、自分が最も危険に近い位置に立つよう、配慮してくれているみたいだった。

鷹雪君の鼻の先を、純白の、見たこともないような綺麗な小鳥が飛び、先導しているようだった。瑠璃色の尾羽がまた美しい。あれも式神なのだろうか。鷹雪君の蝶といい、式神は総じて美しいと相場が決まっているのだろうか?

やがて一際、広い座敷に私たちは辿り着き、その上座にはまだ若い男性が鎮座していた。何やら書物をめくっている。純白の小鳥は彼の元に飛んで行き、その膝に留まった。男性はそこでようやく、我々の到着を悟ったようである。

「おお、遠路はるばる、ようおいでになった。私が土御門家の当主・土御門晴雄だ」

どこか怜悧な風貌が、鷹雪君に似ていないこともない。晴雄さんが手を叩くと、腰元のような女性たちがしずしずと膳を持ってきた。

何と、私たちに供されたのは、かき氷だった。氷塊に黄金が掛かったような見た目だ。

「さぞ、咽喉が渇いたであろうと思うてな。氷に甘葛を掛けたものだ。召し上がると良い」

私はもちろん、鷹雪君も斎藤君も、遠慮を忘れてかき氷を貪った。

私は確信する。

この晴雄さんは絶対、良い人だ。

「改暦(かいれき)について思案しておったところだ。さて。そちらの用向きについてだが」

私たちがかき氷を食べ終える頃を見計らって、晴雄さんがおもむろに切り出すと、鷹雪君がまずは口元を拭い、背筋を正した。凛(りん)とした風情が漂う。

「元の時代。つまり、ここより先の時代に戻る術を、ご教授願いたい」

「ふむ」

晴雄さんは鼻の下に手を当てて、伏し目がちになった。考え事をする時の癖なのかもしれない。

「そも、この時代に飛ばされたことからして、陰陽師としての未熟を認めねばなるまいよ」

「――――承知しております。恥じ入るばかりです」

「死霊(しりよう)三名、現身(うつせみ)が二名か。よくもまあ、飛ばされたものだ。それだけ、この時代への執着(しゅうちゃく)が強かったと見える」

土方君の顔を、私は思い浮かべた。

「先の世に戻るには、本懐(ほんかい)を遂げさせてやるのが早道ではあろうが」

「それは。それは、危険ではありませんか」

私はそこで初めて口を挟んだ。晴雄さんは気分を害した風もなく、優しく微笑んで私を見た。

「必ずしもそうとは言えまいよ。危険と言うなら、この時代に不確かな身の上で止まり続けるほうが余程、危険であろう。我が邸に匿(かくま)っても良いが、それにも限度はある」

「歴史を変えても良いと？」

「歴史。歴史か。歴史というものは生き物でな。日々刻々、変化している。寧ろ、変わらぬほうがおかしいのだよ」

それでは土方君の行為を全面的に肯定(こうてい)することになる。沖田君も、さんなんさんが生き延びるかもしれないというような、物騒(ぶっそう)なことを言っていた。彼らにすれば、必死の事柄ではあるのだろうが。

晴雄さんの膝に留まったままだった小鳥が私の元に飛んできて、肩に留まり、囀(さえず)った。美しい響(ひび)きだ。

「時は自(おの)ずから人を選ぶ。そう案じずとも、遠からず先の世に引き戻されるだろう。しばし、待たれよ」

重々しく、また、諭(さと)す声音(こわね)でそう言われては、これ以上何を言うことも出来ない。

「ところで安倍鷹雪。我が子孫とやらよ」

「――はい」

「私の寿命(じゅみょう)、また、私が朝廷に奏上している改暦はなされるか、知っているかね」

「…………」

「遠慮は無用。言うたであろう。時は流動的なものだと。そなたの知る歴史が、必ずしもその通りになるとは限らぬ」

「……この後、新しき世が来ます。貴方の仰る改暦は見送られます。新しい世の高官たちが、暦を軽んじるからです。貴方は、四十三でお亡くなりになります」


小鳥の囀りだけが、その場に満ちた。


「……そうか。辛いことを言わせたな」

「いえ」

晴雄さんの笑みには慈愛が宿り、とても己の近い死期を知らされた人の顔には見えなかった。爽やかな風が通り抜ける。

この人は、例えば新選組や維新志士のように歴史の表舞台に立つような人ではなかったかもしれない。けれど私には、こういう人こそが偉人なのだと思えた。

冷奴

帰りがまた難儀だった。だらだらと汗を流しながら帰路に就く。

すぐに晴雄さんちのかき氷が恋しくなった。

刀、道に置いていったら駄目かしらん。

そんな埒もないことまで考えてしまう。

もちろん実行には移さないが。

百合音さんの家に戻ると、新しい着流しに着替えた。心得ていた百合音さんが、絞った手拭いを渡してくれる。この家に風呂はないそうだ。銭湯も今はそれどころではない。ただ、燃えた木材が多く出るので、銭湯としては歓迎する事態だろうということだった。火事が起これば銭湯が儲かる。もちろん、銭湯そのものが焼けては元も子もないが。

百合音さんが酒の入った徳利と、冷奴に刻み生姜を乗せたものを出してくれた。

斎藤君と、鷹雪君と一緒に座敷で頂く。

豆腐は絹ごしでつるりと咽喉を通り、刻み生姜の風味が爽やかに鼻腔を抜ける。

そして酒。

美味しい。

土方君たちの首尾(しゅび)はどうなっているかなど、今の私には思案の外だった。

並び替えられたピース

　夕方頃、帰ってきた土方君は難しい顔をしていた。沖田君は普段と余り変わらない。首尾は良くなかったのだろうか。

　鮪(まぐろ)の醤油漬(しょうゆづ)け、山菜の煮浸(にびた)し、里芋(さといも)の味噌汁などを食べながら、私は土方君の表情を窺(うかが)う。藪(やぶ)を突いて蛇(へび)を出したくはない。美味と美酒に意識を集中させるのだ。

　百合音さんはよく出来た人だなあと感心してしまう。いきなり現れた男たちに、いくら土方君がいるとは言え、衣食住の世話をしてくれる。きっとご夫君の生前も、良い奥さんだったのだろう。

「薩長(さっちょう)が手を組むなど有り得ない。近藤さんは笑って言ったよ」

　沈黙を破った土方君は、苦い口調でそう告げた。そして、ただ、と続ける。私を見て。

「さんなんさんに逢うことは出来た」

　私の鼓動(こどう)がぴょんと跳ねる。

　この時代に生きる、もう一人の私。

「詫びたら、気にするなと言われた。病やつれした顔で」

詫びる。総長という形ばかりの職に置いたことをだろうか。実務に関わらせず、蔑ろにしたことをだろうか。いずれにしろ今の私に土方君に対して思うところはなく、さんなんさんが土方君を許してくれて良かったと思った。

「斎藤に聴いたが、八条くんだりまでしたそうだな」

「うん。元の時代に戻るのに、土御門晴雄さんの助言を聴きに」

「どうだった」

私は答えようとした。

答えようと口を開いたところで、目眩が起きた。記憶が氾濫する。整然と収まっていたパズルのピースがざらざら並び替えられるように。

紗々女の顔が浮かぶ。

紗々女の子を抱く私がいる。稚い命の柔らかさ。

愕然とした。

それまでになかった記憶が、正しいものとして私の中で認識されてしまったのだ。

私は、切腹して果てることなく、奥州(おうしゅう)までの道のりを、土方君と共にした……。

見れば土方君、沖田君に斎藤君も奇妙な顔をしている。

彼らの中でも変革が起こっているのだと私は確信した。土方君がさんなんさんに詫びた。ただそれだけで、さんなんさんを巡る事象は変わった。ああ、人を、人の生を変えるのは、本当に些細なことなのかもしれない。たった一言一動作。その小石がぽちゃりと投げ入れられただけで歴史という大河が流れを変える。さんなんさんは切腹しなかった。新政府軍と戦いながら会津まで行き、そこで病症を重くして、戦線離脱、最期は京都で紗々女と我が子と共に過ごした。

怒濤の如くそんな記憶が押し寄せる。

次々と死んでいく同胞を見送りながら私は生き、安穏と死んだ。

妻子に看取られ、畳の上で。

妻に逢いたいと思った。無性に。

散乱した記憶を、妻に逢うことで収束させたい。

私は箸を置いた。

もう良いだろう、と胸中で誰にともなく呟く。歴史は変わった。少なくとも、さんなんさんに関する歴史は。時代には大きな変化を及ぼさなかったかもしれないが、私には一大事だ。

闇の中、16の数字が見える。

ケーキの上に立つ蝋燭。

私の前に妻がいる。

「ああ、びっくりした。貴方。一瞬、消えたように見えたわよ」

「……ただいま」

「え?」

どうやら妻には、私たちがほんの一瞬、消えたように見えただけらしい。赤く燃える蝋燭の数字に、見てきた京の町の炎を思い出す。私の中で再編された記憶がまだしっくりと馴染んでいない。

鷹雪君は蝋燭の火を吹き消した。

妻の長閑な拍手の音。

部屋が明るくなり、ケーキがくっきり見える。その後、私たちは口数少なくケーキを食べた。

それぞれに思うところがあったのだ。

変わった歴史

異例のお誕生日会が解散したあと、私はすぐに書斎に駆け込んだ。

あちらで着ていた着物が、今は現代の服に戻っている不思議にも頓着しない。沖田君研究の内、さんなんさんに関する記述を探す。


山南敬助、明治二（１８６９）年三十七歳で病没する。

一子あり、今の世にも子孫が伝わる。


私が、切腹しなかった歴史が記されている。さんなんさんは、土方君の謝罪と悔いを受けて、生きようとしたのだ。結果として、紗々女との間の子を慈しみ、そして土方君に続いて奥州まで行った。そこで別れたのは、病状の悪化が原因だろう。私は茫然と本を閉じ、風呂に向かった。着ている物は変わったのに、汗の名残だけはしっかりとあり、諸々の困惑と共に洗い流したい気分だったのだ。

　それから改めて諸資料に目を通すと、新撰組の動向が微妙に以前と変わっている。例えば近藤さんは東山道軍に捕まったとこれまであったものが、彼はそこでは捕縛されず、土方君や私と共に会津まで行き、そこで討死している。他にもその後の運命が変わった隊士たちがちらほらといる。

晴雄さんの言葉を思い出す。歴史は変わらないほうがおかしいのだ、と。

そしてその晴雄さんもまた、鷹雪君の言っていたものとはやや違う未来を生きている。彼は養生に養生を重ねて長生きし、改暦の案を新政府に受諾させた。

私たちのタイムスリップが及ぼした影響に、私はただただ唖然とするしかなかった。

それでも明日はやってきて、仕事に行かなくてはならない。

私は時折、虚ろな心持ちになりつつ、書類と格闘(かくとう)したりして、外回りにも出たりして、家に帰った。沖田君たちに早く会いたかった。

縁側(えんがわ)には沖田君、土方君、斎藤君の三つの背中。

ほっとする。

彼らもまた、私の顔を見て、心なしほっとしたようだった。

鶯色(うぐいすいろ)の花を象(かたど)った練り切りを食べている。妻が私にもお茶を運んでくれた。

今日は少し遅くなった。夏の長い日が沈んでいる。紫紺(しこん)の頃合(ころあ)いだ。

「幾つか、変わったな」

土方君が口火を切る。私は練り切りを一口食べて、頷いた。

「晴雄さんが長生きしてた！」

「いや、それは知らんが」

やや呆(あき)れた顔をされる。それから、微笑。

優男の微笑は、女性には破壊力があるのだろう。

「さんなんさんが、生きていてくれました」

そう言う沖田君の最期は、変わらなかった。享年二十七歳。

ちょっとしんみりしてしまう。

「ああ。時を超えた甲斐が、それだけでもあるってもんだ」

土方君が穏やかな顔で湯呑を呷る。

その言葉に私はじんときた。

「さんなんさんの子孫の顔を、見てみたいもんだな」

それには私も同意する。同意して、胸がちくりと痛んだ。

最期まで新撰組の為に生きた土方君。剣一筋に生き若くして病に斃れた沖田君。肩身狭く明治まで永らえた斎藤君。彼らに対して私は、安穏と愛する家族に看取られて死んだのだ。

ヘッダー

一動作。一言。

取るに足らないような些細な言動。

それだけで変わってしまう歴史の恐ろしさを私は学んだ。結果として、私は紗々女と我が子と過ごす時間を持てた訳だから、悪い話ではない。そこはかとなく感じる、妻への罪悪感。

そうした感傷をぶち壊してくれるのが、芽依子という存在だった。


日曜日。

「ちょっと、三人、並んで。肩組んで」


これは沖田君と土方君、斎藤君に向けた言葉。

おいおい。

「何を始める気だ」

「三人の写真をツイッターのヘッダーに使おうと思って」

「……肩を組む必要、ある?」

「何言ってんの、叔父さん！　あるに決まってるでしょ！　こういうのが好きな子って結構、多いんだから」

それってあれだよね。所謂、腐のつく女子たちのことだよね。と言うか、顔出し平気なんだろうか。沖田君はともかく、土方君と斎藤君は写真も後世に残っているのに。

沖田君を真ん中に、ぎこちなく肩を組む三人。

まあ、良いよね。

こんな時間があっても。

刻々と変化する日常。この一場面もまた、先の未来に何かの影響を与えているのかもしれないのだから。

芽依子が更に猫耳を沖田君に着けようとしたので、流石にそれは止めた。

たこ焼きパーティー

ご近所の人の顔ぶれが、微妙に変わっている。

佐藤さんだったのが、山田さんになっていたり。山本さんだったところが、奥原さんになっていたり。これも歴史改変の余波だろうか。少し、怖い。

そして本日はたこ焼きパーティー。

まんまとヘッダー用写真を手に入れた芽依子と沖田君たちと一緒に、たこ焼きを焼いている。

「沖田さん、葱入れて！」

「はい！」

「タコ投入！」

「はい！」

天かす、紅生姜などそれぞれ役割を決め、たこ焼きを焼いていく。沖田君たちは羽織を脱いで、たすき掛けしている。焼き上がったたこ焼きはほこほこと香ばしくて美味しい。私はこれにソースとマヨネーズをつけて食べるのが好きだ。そしてビール。これは譲れない。沖田君たちもめいめい和やかに飲んで食べている。立食形式のたこ焼きパーティーは、人の距離感をぐっと近くする。鷹雪君もいれば良かったのになあと私は思う。ほかほかと立ち上がる湯気は如何にも長閑で、ここに彼がいたら気持ちも穏やかになるのではと思うのだ。

「鷹雪君もいたら良かったのになあ」

ぽろりとこぼした私の言葉を、沖田君が拾う。

「そうですね」

人の心を掬い上げるような微笑。

こればかりは昔から変わらない。

紗々女と私の子孫が今もいるという。

逢ってみたいという思いと、それは妻への裏切りではないかという思いがある。安らかに息を引き取った。傍には紗々女と子がいた。もう、それで十分ではないかとも考える。私は、たこ焼きパーティーのくだりを日記に書き記しながら、梅酒と羊羹を食べる。羊羹がしつこくない上品な甘さで美味しい。

「沖田君……」

「はい」

「うわあっ」

呼んだらいたのでびっくりした。だから、怪奇現象は止めて欲しい。心臓が縮む。寿命も縮みそうな気がする。

「おうちに帰ったんじゃなかったのか」

「何となくご亭主の様子が気懸かりで」

「――――そうか」

寄り添ってくれようとする彼の意志を感じて、嬉しかった。

徳川慶喜が恭順の意を示したあと、江戸帰還後の新撰組は甲州鎮撫の計画を練り、「新撰御組衆」、「新撰御組鎮撫隊」などと名乗った。他にも隊名を「甲府御用鎮撫隊」とする史料もある。私自身は甲陽鎮撫隊と記憶している。その中に、沖田君の姿はなかった。彼の病を思うと同時に、沖田君がいてくれたら、と願うことは度々あった。戦力の面でももちろんそうだが、沖田君には人を慰撫し、鼓舞するものが備わっていた。剣才と共に天性のものだろう。同じことを、きっと土方君たちも感じていると思いながら、誰もそれを口にしなかった。間もなく喪われる命を話題に上らせることを避けたのだ。

時間の問題だった。

沖田君が先に逝くか、私たちが先に逝くか。そこに大きな差異はなかったのだ。

フルーツサンド

すっかり夏である。

ビールの美味しい季節。まあ、ビールはどの季節でも美味しいが、やはり夏は格別である。じりじりと焦がされるような暑気の中、家に辿り着いた私は、まず風呂に入った。上がって縁側に行くと、今日は沖田君と斎藤君の二人がいた。妻が苺、桜桃、キウイに生クリームが入ったフルーツサンドと牛乳を出してくれる。思わぬ甘味に私の咽喉が鳴る。今日は奮発したんだね。沖田君と斎藤君も物珍しげに、しかし美味しそうに食べている。良いことだ。美味しい物を美味しく食べられるのは人間が生きる基本である。死んでるけど。

そろそろ蚊の出てくる季節なので、豚の蚊遣りに蚊取り線香を焚いている。沖田君たちはその匂いが少し苦手らしい。そんなものだろうか。

斎藤君は維新後、名前を藤田五郎と改める。永倉新八は杉村義衛。維新前に剣客として名を馳せた彼らは、維新後、隠れ住むようにひっそり生きねばならなかった。鬱屈や憤懣もあっただろう。だが、今、目の前にいる斎藤君からはそんなものは微塵も感じられない。美味そうにフルーツサンドにかぶりついている。言い知れぬ苦労をしたであろう彼の、そんな姿を見ると心和むものがある。良かった。美味しい物は人を良い方向に導く力があると私は信じている。

正しさ

視線を感じて見上げると、桜の枝に烏（からす）が留まっている。

いつかの烏だろうか。私たちを観察するような視線だ。見つめ返していると、その内、飛び去って行った。

積年の願いは叶（かな）うと言った。

同時に、沖田君は消えるだろうと。

その言葉に、強く反発する私がいる。沖田君が消えるなど、あって良い筈がない。彼はこれから先も、この縁側で、私や妻と喋り、食べ、時を過ごすのだ。正真正銘（しょうしんしょうめい）の沖田総司が誰であろうと構わない。今、目の前にいる沖田君が大事なのだ。沖田総司は愚（おろ）かではない。愚かなどではないのだ。

「沖田君」

「はい」

「クリスマスと正月、一緒に過ごそうね」

まるで恋人に言うような約束を、私は取りつけようとする。沖田君は、目を少し見開いて首肯した。

「はい」

その言葉は私を思い遣った気休めかもしれない。しかし私には有り難い配慮だった。斎藤君、口の端に生クリームがついてるよ。

土方君含め、彼らを愛おしいと思う。

鷹雪君に調伏などさせる積りはない。

私のこれからの人生に、欠かせない存在が既に亡き人であることが間違っていると言うのなら、私はその間違いを貫こう。

寝る子

夢の中。

沖田君がいる。丸くなって、薄い真珠色の膜のようなものに包まれて、眠っている。周囲には微細な泡がある。水中に、彼は眠っているのだ。


ああ、そんなところにいたのか。

彼は刀の大小を後生大事のように抱いている。私の胸がなぜか締めつけられる。

あどけない寝顔は、胎児にも似ていたかもしれない。

緑と青と白が混ざりあったような不思議な空間で私は直感した。


あれが、沖田君の本体なのだと。


私は次の土曜日、寺に出向いた。竹林に佇む寺は今日も清澄としている。

鷹雪君が庭先で犬と遊んでいた。それは年相応の子供らしい笑顔で、私は何だか安心した。

私に気付くと笑みを消す。

「何か用か」

住職がこれを聴(き)いて渋面(じゅうめん)になり、鷹雪君を注意しようとするのを、私は目線で制した。

「沖田君の夢を見た。彼は水の中で眠っていた」

鷹雪君の目が面白そうに光る。

「あんた、見たのか。あれを」

茣蓙(ござ)の敷(し)かれた一室で、住職が冷えた緑茶を私と鷹雪君に出してくれる。

咽喉が渇いていた私は、有り難くそれを頂戴した。

「あれを起こしてやる必要がある」

「どうやって」

「あんたが膜を破るんだ。その為の神器はもう用意してある」

「……それをすると沖田君はどうなる?」

「今いる、沖田総司か?」

問いに私は頷く。ふ、と鷹雪君が笑う。

「消えるよ」

梅酒ロック

家に帰りつく頃には背中が汗でびっしょり濡(ぬ)れていた。私は軽くシャワーを浴びて汗を流した。排水溝(はいすいこう)に流れゆく液体の流れ。こんな風に、沖田君も消えてしまうのだとしたら、夢の沖田君は眠ったままのほうが良い。

身体だけはさっぱりして、心はやや重いまま、リビングに向かうと、沖田君と妻が談笑していた。今日は土方君も斎藤君もいないらしい。よく見れば二人の手にはロックの梅酒。ずるい！　私にも頂戴、と妻に言うと、はいはいと笑って出してくれた。縁側の、沖田君を両側から挟(はさ)む形で私たちは座(すわ)る。よく冷えた梅酒が美味しく、私の気持ちは暗雲が晴れるようだった。ほろ酔いの頭で考える。

今の沖田君で良い。
今の沖田君が良い。

水の中、眠る彼には悪いけれど……。

美酒美食を楽しみ、時折、芽依子たちの玩具（おもちゃ）になってもらって、朗らかな笑顔でいてくれる。そんな沖田君以外を私は望まない。彼の輪廻転生の輪を正道に戻す必要があるのなら、それはもっと先でも良いのではないか。土方君も斎藤君も未だ彷徨（さまよ）っている。彷徨うことは、悪だろうか。必ずしも、そうとは言えないのではないだろうか。私のこうした考えを聴けば、きっと鷹雪君は甘いと言って嗤（わら）うのだろう。

アイリッシュコーヒー

私はまだ研究を続けていた。

沖田君に加えて、土方君、斎藤君と研究資料を集めてみた。

生きた年齢の違いゆえか、土方君と斎藤君の本は、沖田君のものと比べ、厚みがあった。アイリッシュコーヒーを飲みながら、彼らの人生を辿る。アイリッシュコーヒーは熱いコーヒーにウィスキー、生クリーム、砂糖が加えられた飲み物だ。甘味と苦味、最後に口にざらりと残る砂糖の味が何とも言えない。


土方君は十番目の子供で六男だったそうだ。

土方歳三義豊。義豊が諱（実名）である。

十番目の子と言えば農家では余分に食糧を減らすと思われそうだが、土方君の生家は「大尽」と呼ばれ、村役人からは外れていたものの、持高三十九石の豪農（上農）だった。多摩郡の大半の農民が三石弱だから言わば富裕層で、学問への造詣も深かった。後に土方君は江戸市中の町家に奉公に出されるが、店の人と喧嘩したり、女性関係で色々あったり、まあ、少々、やんちゃだったようだ。しかし一方ではこの二回奉公説とは異なり、土方君は十三歳から十年間、町屋奉公を地道に続けていたともある。二十五歳で天然理心流に正式入門。剣術修行に明け暮れながら石田散薬を売り歩いたというエピソードは余りに有名である。
土方君は石田君だった時期もある。興味深い。書道を学んだり、インテリめいたこともしている。

「しれば迷い　しなければ迷わぬ　恋の道」

土方君の有名な一句だ。
上手い下手は別として、土方君にそういう句を詠ませる素地は、実際にあったのだ。

「アイリッシュコーヒー、お代わりー」
「自分で作りなさーい」

ちぇ。

もう一人の沖田君

いよいよ暑さが夏のそれになってきた。

気象庁が梅雨入り宣言をして、雨がしとしと、それを裏付けるように降っている。

沖田君が縁側で寝ていた。それは丁度、夢の中の彼が寝ているのと似た様子で、刀を抱いて丸くなっている。悪夢にうなされている訳ではないらしく、私は僅かばかりの安堵と共に彼の寝顔を見守る。

烏の鳴き声。

「間もなくだぞ」

煩い。何が間もなくだと言うのか。どう言われても、私はこの沖田君を死守する。その時、沖田君の目が開いた。

何がどうとは言えない。

ただ、私は直感的に飛びずさった。結果、それが幸いして、沖田君の抜刀の間合いから外れることが出来た。沖田君の抜いた白刃が露含むような凄惨な美しさで私に迫る。沖田君の目は獣の目だった。本能の赴くまま、人を斬る。私は無意識に左腰に手を遣っていた。刀はないのだ、と思い出す。

瞬速の剣捌きをどうにかかわして、私は沖田君の懐に飛び込み、掌底を腹に叩き込んだ。沖田君が庭にまで吹っ飛ぶ。

吹き飛んで、俯けていた顔を上げると、そこにはいつもの沖田君の面持ちがあった。

「ご亭主。僕は、今」

「何でもない。何でもないんだよ、沖田君」

迷子になった子供に言い諭すように、私は彼に穏やかに告げる。

烏が嘲笑うようにまた一声、鳴いて飛び立って行った。

鬼副長の土方君が鬼の形相でやってきた。すごく怖い。

無言で沖田君を殴りつける。私が止める間もなかった。妻が何事かと心配そうに私たちを見ている。夕飯の準備で、私と沖田君の立ち回りは見ていなかったらしい。

「お前の気が一瞬、激しく淀（よど）んだ。――――さんなんさんに斬りかかったのか」

「土方君、良いんだよ。怪我もないんだから」

「いいや、良くねえ。総司。お前が抑（おさ）え込んでおけねえのなら、俺にも考えがあるぞ」

「土方さん……」

沖田君は悄然（しょうぜん）としていて、見るからに可哀そうである。先程、私は加減せずに掌底を叩き込んだ。通常であれば臓器にダメージがあってもおかしくないところ、沖田君が幽霊だから無事でいるのだ。しかし土方君に殴られたのは、とても痛そうだった。

「ご亭主、申し訳ありません」

「良いんだよ」

土方君が舌打ちする。

「さんなんさんは、昔も今も総司に甘い」

私は苦笑した。

「弟分だからね」

そう言う土方君も、沖田君にかなり甘いほうだったと思う。

恐る恐る見ていた妻が、救急箱を持ってきた。

「何だか知らないけど、喧嘩は良くないわよ」

沖田君の切れた口の端に絆創膏を貼る。幽霊相手って忘れてないかな。

土方君は不機嫌そうにむっつり黙ったまま、沖田君もすっかりしょげて、夏の宵の空気はどこか剣呑だった。

手出し無用

その晩、夢に鷹雪君が訪れた。純白の狩衣姿。いつかと同じ牡丹灯籠を提げている。水のせせらぎ、どこか懐かしい闇の気配。

開口一番、鷹雪君は言った。

「沖田総司を調伏する」

「待ってくれ、それは困る」

「危うく殺されかけただろう」

「どうして知ってるんだい？」

「あんたたちのことは監視してる」

鷹雪君がそう言って手を伸べると、ひらひらと白い蝶がどこから舞い込んできて、鷹雪君の手に留まる。そうか。式神か。そんなことも可能なのか。

「沖田君に手出しは許さない」

「……あんたはもう、さんなんじゃないんだぞ」

「それでもだ」

「あれは本物じゃない。真正は獣に近い」

「それでもだ」

妻とお茶を飲み、お菓子を食べてお喋りし、私とビールを飲んで白い髭を作る。そんな沖田君を失う訳には行かない。鷹雪君は眉根(まゆね)を寄せた。

「あんたに反対されると、俺の術も効きが悪くなる」

「え。そうなの？」

鷹雪君が大真面目な表情で頷く。

「あんたは存在そのものが呪術に近い。あんたの意志が望まないことを俺が呪術でなそうとすれば、事象の反発が起きる。多少の無理をすれば、抑え込むことも不可能ではないが」

何だか大層な話だけれど、私には都合が良い。

「彼に手出ししないでくれ。大事なんだよ」

そう言うと、鷹雪君はちらりと憐れむような目を見せて、否とも応とも言わず沈黙した。

何％

１００％濃厚果汁のオレンジジジュースが咽喉を心地よく滑り落ちてゆく。

「ぷはあ！」

沖田君と土方君、斎藤君も美味しそうに飲んでいて、和やかな光景だ。私の胸に射す翳りはあるものの、やはり彼らと共にいるのは心楽しいことなのだ。蚊取り線香を焚いた縁側で、果実の恵みを頂く。風鈴のチリーンと鳴る音が耳に快い。このジュースは果汁１００％。

では沖田君は何％なんだろうと私は考える。

暮れなずむ頃、ジュースを飲む沖田君の顔はあどけない。彼がたった二十七の年月しか生きられなかったことを思うと、私の胸は塞ぐ。

「ご亭主。お代わりを頂いてもよろしいですか」

「もちろん」

私は妻に頼み、ジュースをもう一杯、注いでもらった。

「陰陽師の小僧は何と言ってた？」

唐突に土方君が言うものだから、むせてしまう。

どうして解ったんだろう。

「呪術の気配がする」

ああ、前にも似たようなことを言ってたね。

沖田君のいるところで私は鷹雪君の言葉を言い出しにくくて沈黙する。

しかしそれで薄々、察しはついたらしい。

「総司を消すってか」

凄みのある笑みを土方君が浮かべる。斎藤君から感じられる殺気。

「何とか説得するから。鷹雪君に手出ししないでくれ」

「後の禍根となりそうな芽は、摘んでおくべきです」

「斎藤君」

無敵の剣と称えられた猛者が、鷹雪君を「排除」すべき対象と見ていること、鷹雪君もまた同じであるだろうことが、私の胸にどうしようもなく不安を掻き立てる。

「彼への手出しは私が許さないよ」

「――――しかし火の粉が身に降りかかる場合は振り払うべきかと」

「私が何とか言ってみるから。鷹雪君を斬らないでくれ」

陰陽師として、鷹雪君の腕前がどれ程のものか私は知らない。しかし私の目に映る鷹雪君はまだ年端もいかない少年であり、対して斎藤君は猛禽類の如きであった。

「まあまあ、飲んで飲んで」

私は紙パックを持ってきて斎藤君のコップにジュースを注ぐ。接待をしている気分だ。斎藤君はオレンジの水面をしばらく注視していたが、勢いよくそれを飲み干した。

とろけるプリン

明治になり、永倉新八は新撰組における体験記録を『浪士文久報国記事』や『新撰組顛末記』にまとめ、回顧録を綴った。これは非常に貴重な史料であり、新撰組を知る上で大いに手掛かり、足掛かりとなる。対して、同じように「新撰組最強の剣客」と永倉新八と共に謳われた斎藤一は記録を残さず、口伝『藤田家の歴史』や談話があるに過ぎない。

彼の名前の変遷も中々、目まぐるしい。山口一、斎藤一、山口二郎、一瀬伝八、藤田五郎。

斎藤君の修めた流派は謎が多いが、天然理心流以前は一刀流という奇妙な剣術を修めていたとある。他にも無外流という説があり、警視庁に勤めている間に修めた、ともある。

まとめてみると、流派ははっきりしないけど、とにかく強かった、ということになるらしい。

鷹雪君を後の禍として除こうとする斎藤君が、私は気懸かりでならなかった。

そしてこのプリン、すごく美味しいんだけど。

妻が洋菓子店で買ってきたプリンはとろける舌触りでカラメルの苦味と甘味のバランスが抜群である。もう一個、食べたい。ダイエットは明日からするから。私はそう思いながら書斎で甘味に耽溺していた。

食べ終わると急激な眠気に襲われ、私は目を閉じた。

牡丹灯籠が一つ。
闇の中にぽっかり浮かんで見える。
鷹雪君と斎藤君がいる。――――斎藤君は抜刀している。
ぞっとした。
彼の白刃は恐ろしい。漲る殺気が私にまで伝わる。
だが、なぜか動かずにいる。いや、動けないのだ。
鷹雪君が呪言を唱えている。
「天魔外道皆仏性・四魔三障成道来・魔界仏界同如理・一相平等無差別」

鷹雪君の呪言を、悪魔や外道を祓うものと認識していた訳ではない。ましてやそれが斎藤君に有効なのかどうかも、その時の私には解らなかった。

ただ無我夢中だった。

「止めろっ」

斎藤君を背に庇う形で、両手を広げて割って入る。鷹雪君の怜悧な面立ちに険が宿る。加えて、僅かに私に対する懇願めいた色合いもあった。

斎藤君は構えた白刃で私を傷つけないよう、刀を退いている。

「言っただろう。あんたが反発すれば、俺の術の効力も落ちると。そいつは俺を殺そうとしたんだぞ」

「斎藤君は君を殺さない。君が、彼に、彼らに手出しさえしなければ」

つつう、と私のこめかみから顎にかけて汗が滴った。

「そうだよな？　斎藤君」

斎藤君の返事はない。漲る殺気こそ消えてはいるものの。私は口約束だけでも良いから、彼に何か穏便な返答をして欲しかった。しかし。

「保障は出来ません」

「俺もだ」

「――――」

この石頭同士め、と私は些か腹が立った。土方君でもこれより柔軟なんじゃないか？

「だが、今日は退散するよ。魔界偈を中和した、あんたに免じて」

牡丹灯籠を持ち、立ち去ろうとする鷹雪君の背に、私は声を掛けた。

「私の、魂の一部なんだよ。彼らは。鷹雪君。君にだってそんな存在はいるだろう」

鷹雪君の純白の背中は停止したが、返事はなかった。再び歩みを進め、斎藤君と私は、水のせせらぐ音がする闇に取り残された。だが、そう思う間もなく、闇は遠ざかった。

兄弟みたい

書斎で目覚めた私は、びっしょりと汗を掻いていた。背中にも額にも。恐ろしい言動をやってのけたものだと自分でも思う。鷹雪君の呪術にしろ、斎藤君の剣にしろ、本気になられたら割って入れば命はないだろう。今回は、辛うじて退いてくれたものの、次にも私が、そして彼らが無事で済むという保証はなかった。もう今日はこれ以上、書斎で調べものをする気力もなく、私はシャワーを浴び、脳みそと心の疲れを取る為にもう一個、プリンを食べた。不可抗力だ、これは。決して鷹雪君たちをだしに甘味に浴している訳ではない。だが、この美味さよ。堪らない。

紗々女にも食べさせてあげたかったなと思い、思ったところで私は自分の頬を叩いた。買ってきてくれた妻に申し訳が立たないではないか。

前世は前世、今は今だ。

沖田君たちの存在はまあ、ちょっとイレギュラーとして。

プリンを食べて歯磨きをした私は、ようやく床に就いた。妻はすっかり夢の国の住人だ。ある意味私も、先程までそうだったのだが。横になると途端に眠くなった。やはり陰陽師の夢は熟睡とは遠いものらしい。寧ろ、疲れた。眠りの中で、夢を見た。正真正銘、普通の夢だ。

私と妻の子供が、着物を着て神社境内にいた。千歳飴を持っている。元気に走り回る姿が胸に迫る。生まれてこなかった我が子。きちんと正装して笑っている。

夜明け前に目が覚めた私は、妻に知られないようこっそり涙した。

その日の夕刻は沖田君だけが訪れて、和やかだった。エクレアを二人で食べる。コーヒーゼリーの入った、少し変わったエクレアだ。空もまた、コーヒー色に染まろうとしている。

冷やし豚しゃぶとニラの卵とじ、人参と牛蒡の糸コン金平を食べ、ビールを飲んだ。

沖田君も私も、何事もなかったかのように笑い合い、喋り、けれどこの時間が得難く貴重なものだと互いにどこかで認識していた。

沖田君を送り出した妻が、微笑んで言う。

「兄弟みたいね」

「沖田君のほうがイケメンだよ」

「それはそうだけど、貴方だって捨てたものじゃないわ」

お世辞でもありがとう。

そう言う私の心の声が聴こえたように、妻が私の顔を覗き込んだ。

「本当よ。本当に、そう思っていたのよ」

妻は続けた。

「あの、野仕合の時から」

フレンチトースト

暑い。

暑くて溶けそうだ。休日であることを良いことに思い切り朝寝（あさね）をした私は、寝汗を掻いて起きた。

「おはよう」

「おはよう」

妻の笑顔に挨拶を返す。今日の朝はフレンチトーストの生クリーム添えらしい。悪くない。

私はシャワーを浴びてさっぱりしてフレンチトーストを食べた。噛み締めると卵と牛乳の味がじゅわあ、と口中に広がって堪らない。生クリームを食べてコーヒーを飲み、私は考える。

昨日、妻が言ったこと。


〝あの、野仕合の時から〟

あれではまるで、妻が近藤さんの襲名披露（しゅうめいひろう）の為の野仕合にいたかのような口振りだ。まさか妻も新撰組隊士の生まれ変わりだったのだろうか。その縁（えん）に引き寄せられ、私と結婚したのだろうか。妻に問い質してみても、そんなこと言ったかしらときょとんとした顔をされた。記憶にない――――。フレンチトーストを頬張りながら、私は思案する。まあ、でもあれだ。そんなに大した問題じゃないよね。だって妻が誰の生まれ変わりだろうが、妻は妻だもの。それにあの野仕合、結構見物してる人も多かったもんね。関係者の身内とか。

「おはようございます」

ふわり、と沖田君が縁側に舞い降りる。土方君、斎藤君も一緒だ。三人揃い踏み。

「おふぁほう」

テーブルに着いたままもぐもぐとフレンチトーストを咀嚼しながら、行儀悪く私は沖田君たちに声をかける。イケメン三人組、といった風情で、やっぱり三人揃うと壮観である。今日の沖田君に変わったところは見受けられない。良かった。私はコーヒーをごくごく飲んで、食事を終わらせる。

「土御門晴雄に逢いました」

「へ？」

斎藤君の意外な発言にびっくりする。

「あちらは転生を済ませたようですが、俺の夢に入ってきました」

「――――晴雄さん、何て？」

「不肖の子孫が迷惑を掛ける、と」

「ああ」

気遣いの人である。

「それから、どうしても抜き差しならない事態になったら、自分を頼るようにと」

「ふうん」

頼もしい言葉だ。晴雄さんの言うことなら、鷹雪君も聴くかもしれない。夏のギラギラした太陽が縁側まで照りつける。矮小な人の営みを、太陽は素知らぬ風で君臨する。誰一人も失えないと思う私の願望まで白日に晒すようだ。

草むしり

どうでも良いけど隊服姿って暑くないのかしらん。幽霊だから気温は関係ないのかな。私は妻の言いつけで沖田君たちと一緒に庭の草むしりをしている。私だけが麦わら帽子を被っている。小まめに水分を摂るようにと、縁側には清涼飲料水のボトルとコップが置かれている。太陽さん、太陽さん、少し弱々しくなってくださいな。それにしても沖田君や斎藤君はともかく、土方君まで大人しく妻の言うことを聴くとは少し意外である。

「あの人には、どうもな」

頭が上がらないのだと、草むしりしながら土方君が微苦笑する。

「妻は私の知る誰かだったのかい？」

「ああ。ようく知ってたよ」

「ヒント！」

私の子供じみた一声に、土方君がくく、と笑う。

「思い出してやると良いさ。奥さんもそのほうが嬉しいだろ」

「いやー、それが妻には自覚がないみたいなんだよね」

「ああ、あの人らしいな」

ふうん。まあ、良いけどね。

昔が誰であっても妻は妻だ。愛すべき人だ。

小さな蟻が黒い頭を振り振り歩いている。健気だ。

「お二人がいつまでも幸せであるよう、祈っています」

それまで黙っていた沖田君がそんなことを言う。まるでフラグじゃないか。沖田君は、私たちとこの先もずっと一緒なのに。何だか遠い目をして、透明度の高い笑みを湛えている。

沖田君が消えた日常など、今の私には考えるべくもない。

けれどそんな日が来ることの可能性を突き付けられ、私は妙に遣る瀬無くなった。

徒花（あだばな）

雨がぱらつき出した。密（ひそ）やかな足音を立てて、何事かが迫ってくる。そんな予兆を思わせる雨だった。沖田君たちと屋内に避難した私たちは、妻の焼きビーフンに舌鼓（したつづみ）を打った。もちろん、ビールも一緒だ。

なぜだろう。

後に思えばこの瞬間（しゅんかん）、この時間が明瞭（めいりょう）に私の脳裏（のうり）に焼き付いて離（はな）れないのだ。私はある種の悲壮（ひそう）な覚悟（かくご）をしていたのかもしれない。無意識に。

沖田君も土方君も斎藤君も寛（くつろ）いでいた。皆、どこか懐かしそうに雨の降る外を眺めている。生前の、雨降りの記憶を思い出しているんだろうな。私もまた、例に違（たが）わず前生の、浮かんでは消える雨の日の記憶を懐かしんでいた。あれから実に百年以上が過ぎたとはとても思えない。私はさんなんさんになった気分で、文明開化の行く末を偲（しの）んだ。

私たちは欠片（かけら）だった。

小さく散らばった欠片たちが、不意のきっかけで寄り集まり、一つの形を成した。それでも個は個だった。どこまでも。土方君はそれを一集団にまとめ上げようと尽力（じんりょく）した最たる男だろう。だが、寄り集まった器はやがてまた散り散りになり、欠片に戻った。新撰組の輝かしい戦歴は、ある一期間のみの完成された器だ。時代の徒花(あだばな)だったのだ……。

徒花の名残を惜しみ、私たちは黙々(もくもく)とビールを飲んだ。

もう、すぐそこ。

足音は迫っている。

残り香

ああ〜。暑い。

暑い上に斜めに雨が降っているものだから、窓を開けることも出来ない。私は今年初めての冷房を入れ、書斎でぱらぱら、資料のページをめくっていた。

歴史が変わった為に資料文献には記述に変化があったところが散見され、さんなんさんの及ぼした、いや、土方君の及ぼした効果、影響に慄（おのの）いてしまう。中にはさんなんさんの子孫の覚書もあり、おお、マイソン！　などと思う。何だか落ち着かないのは、私と紗々女の間に出来た子の末裔がそれを書いている、即（すなわ）ち妻への裏切り行為の証がばっちり残っているような、そんな後ろめたい気がするからである。前世は前世、今は今、と堂々と言い切れないのは、未（いま）だ沖田君たちと誼（よしみ）を通じているせいかもしれない。

ちょっとコーヒーゼリーって癖になるね。

コーヒーゼリー入りエクレアを食べて以降、ちょっとしたマイブームになっている。ローカロリーだし素晴らしい！　上にちょこなんと乗っている生クリームがまた、いじらしく可愛らしいではないか。

さんなんさんが切腹しなかったことで変わった歴史は多いが、土方君と斎藤君のその後はほぼ変化なかった。貫き通す、という彼らの生き様を愚かと呼ぶのは容易いだろうが、私にはとても愛おしく思える。

明治二（１８６８）年五月十一日、土方歳三討死。十八日、五稜郭正式降伏。享年三十五。

大正四（１９１５）年九月二十八日、藤田五郎（斎藤一）病死。享年七十二。

私はそれらの記述の箇所を指でなぞる。

一つの時代を生き切った人たちの残り香を追うように。

西瓜

しゃくりしゃくり。

私たちは縁側で西瓜を食べていた。今日は斎藤君不在で、沖田君と土方君が私を挟んで座っている。

「おい、知ってるか、総司」

「何ですか、土方さん」

「西瓜の種を飲み込むと、へそから西瓜の芽が出るんだぜ」

「また土方さんはそんな冗談を」

土方君の沖田君への扱いは完全に弟に対するそれだ。可愛くて仕方ないんだろうな〜。その分、きっと喪った時は辛かっただろう。ちょっとしんみり。

「冗談じゃないって。な？　さんなんさん」

「そうだねえ」

「本当ですか」

沖田君、半信半疑の顔。風鈴の音がちりーん。

でも沖田君のおへそから西瓜の芽が出たら可愛くて面白いね。

「実がなったら収穫(しゅうかく)しよう」

「ご亭主まで」

にやにやにや。

私と土方君は共犯者の笑みで沖田君をからかう。どこか少年の風情を残す沖田君は、悪戯心をくすぐられるのだ。悪い大人たちである。それにしても西瓜が美味しい。よく冷えていて甘味(あまみ)も十分。お菓子も良いけど果物も良いね。あれ？　西瓜って野菜だっけ？

あれ以来沖田君に変貌(へんぼう)の兆(きざ)しは見られない。

あの、獰猛(どうもう)な獣のような。抑え込んでいるのだろうか。苦しくはないだろうか。

いずれあれと対峙(たいじ)しなければならない時が、きっと来るのだろうと私は考えていた。

斬(き)れるか

土方君が腕(うで)を組み、目を閉じている。西瓜を食べ終わったあと。

沈思黙考(ちんしもっこう)といった風情だ。何を考えているのだろう。彼は生前から策士であり、自分の考えを容易に人には見せない。烏(からす)がかあ、と鳴いた。あの烏だろう。

もうあたりは宵闇(よいやみ)に包まれてきている。少し経てば星が光り始めるだろう。

沖田君が何かを投げた。烏は悲鳴のような雄叫(おたけ)びを上げ、退散した。

「何を投げたんだい？」

「笄(こうがい)です」

ああ、脇差(わきざし)についてるあれね。

「あの烏は忌々(いまいま)しい」

いつの間にか目を開けていた土方君が苦い声で言う。憎まれっ子ではあるよね、あの烏も、君も。私はこっそりそんなことを思った。


「ご飯ですよ〜」

はい、妻よ。いつものそれ、ありがとう。

嫌な空気が霧散する。


海老と胡瓜の中華風炒め、冷やしうどん、出汁巻卵。


これは日本酒かな〜。

るんるんと私は硝子の徳利で、氷を入れる箇所がある物に氷を装着し、純米吟醸を注ぐ。とくとくとくとく、と。これ、好きなリズムなんだ。

海老と胡瓜の中華風炒めはピリピリとして食欲をそそり、冷やしうどんはさしずめ、その炒め物で熱くなった舌を受け止めるクッションである。

食卓に着いた私たちは、めいめい食事と酒を楽しんだ。妻も呑兵衛だから、純米吟醸の減りは早い。酒と食べ物は私たち夫婦のささやかな贅沢である。食事が済んだあと、書斎に籠ってぐるぐるー、と椅子を回して遊んでいた私に、咳払いの声が聴こえた。

「あ、土方君。いたんだ」

「……さんなんさん。あんた、だいぶ人が変わったな」

「そりゃ生まれ変わりだし」

「見た目はあんまり変わらんのにな」

「え？　イケメン？　ありがとう」

「池面(いけめん)って何だ」

「知らないのかい、土方君。池の面に清らかに映るくらいの男前のことだよ」

嘘八百を吐(つ)いてみた。

土方君はどこか呆(あき)れた目で私を見ていたが、やがて真剣な顔つきになると切り出した。

「さんなんさん。総司を、斬れるか」

荒療治（あらりょうじ）

私は難解な言語を聴いたかのように、首を傾げて土方君を凝視した。

土方君の面持ちは変わらない。真剣なままだ。酔いに任せた冗談ではないらしい。

「一体、どうしてそんなことを訊くんだい？　土方君」

「以前、言ったな。本当の彼は別にいるって」

「言ったね。あいつはまりぼてだと」

本当の沖田総司とはこの場合、あの水の中に眠っていた彼を指すのだろう。

しかしそれが、沖田君を斬ることとどう関わりがある？

「影のあいつを斬れば、本物が目を覚ますかもしれねえ」

「それは……、乱暴だよ」

正直、私に沖田君が斬れるかどうかの力量はともかくとして、彼に斬りつける自分の姿というものが、私には全く想像出来ない。

「解ってる。荒療治だが、あいつが本性（ほんしょう）を抑（おさ）えておけるのも時間の問題だ」


間もなくだぞ。

そう、島も言っていた。

私はいつかの沖田君を思い出す。獣のような。あれが沖田君の本性？

莫迦な。


「私には出来ない」

「さんなんさん」

「私はもう、さんなんさんではないし、もしもさんなんさんであったなら尚更、沖田君を害することは出来ないだろう」

土方君はどこかで、私の答えを想定していたのかもしれない。それ以上、言い募ることもなく、口を閉ざした。私はふと思う。

「土方君。君こそ転生しないのかい」

「よしや身は　蝦夷の島辺に朽ちぬとも　魂は東の　君や守らむ」

「……君の辞世の句だね」

「俺はまだ、あの時代に囚われている」


頑迷だ。そして哀しい。

鬼の副長と名高かった土方君は、沖田君の幸福を望んでも、自分の幸福はどこか諦めているのだ。彼こそをも救いたいと私は思った。

介添え

翌日は快晴だった。
つまり死ぬ程、暑かった。絶対にこれは日焼けしているなと思いつつ、家路に就く。和菓子屋さんで葛餅を土産に買った。きっと沖田君たちには馴染みがあるだろう。帰宅時間なのにまだ明るい。夏至っていつだったっけ。

……さんなんさん

ん？

さんなんさん

あれ？　何か聴こえる。幻聴か？
一歩、踏み出すと私は緑と青と白が淡く混ざり合ったような空間にいた。不思議なことに自分の上下左右が覚束ない感覚で、私はその空間にいる。神域とでもいうのだろうか、ひどく澄明な空気を感じる。ここは以前にも来たことがある……。

その中。

真珠色の膜に包まれて沖田君が眠っている。……本物の沖田君。

呼んだのは君かい？

沖田君の唇が微かに動く。さんなんさん、と。

「………」

私は鞄と葛餅の入った袋を取り落とした。胸が締め付けられるように痛む。

沖田君が私を呼んでいる。助けを求めているのだろうか。

この真珠色の膜を破れば、彼は目覚めるのだろうか。

しかし、そうすると今いる沖田君はどうなる？


「俺が介添えする」

ぎょっとして後ろを見ると、鷹雪君が立っていた。制服姿だ。目新しいものを見た気分だが、それはそれとして。

「介添えって？」

「あの、沖田総司を、穏便に輪廻に戻す」

「可能なのかい。彼も、沖田君ではあるんだな?」

「――――そもそも、どうして沖田の影が生まれたのか、あんたは解るか」

「……いいや」

「土方あたりにでも訊いてみると良い」

踵(きびす)を返そうとした鷹雪君のシャツの裾(すそ)を、私ははっしと掴んだ。

「――――何だ」

「戻り方が解らない……」

すごく莫迦にした顔をされた。

哀しい影

落下した葛餅は無事だった。

私は子供のように、鷹雪君に手を引かれて通常の空間に戻った。陰陽師ってすごいね。彼は私を測るように一瞥して、今度こそ去った。あの子、大丈夫かな。沖田君のこととは別に、私は鷹雪君が心配になる。あの年齢からして大人び過ぎている。生と死の理に精通していることは、必ずしも現代社会を生きて行く上で有利とは思えない。ご住職が良い方向に導いてくれると良いんだけど。

妻は冷やした緑茶を用意していた。良妻だとしみじみ思う。

今日は沖田君、土方君、斎藤君と揃い踏みだ。私は彼らに断ってから、シャワーを浴びて縁側に並んだ。はたはた、と団扇で煽ぐ。朝顔が描かれた団扇の風は、ささやかな涼をもたらしてくれる。葛餅はみんなに好評だった。冷えた緑茶ともよく合った。

夕飯をいつものようにわいわい食べたあと、私は書斎に籠った。

程なくして土方君がやってくる。そういう、合図をしておいたからだ。

「総司の話か？　さんなんさん」

「うん。彼が、あんな風になってしまった経緯(けいい)を知りたいんだ」

土方君は懐手(ふところで)をして、しばらく遠い目をしていた。彼の中で、回顧(かいこ)されるものがあるのだろう。

「あいつは気立ての良い、素直で優しい奴だった」

「うん。そうだよね」

「――――そういう奴を、人殺しに仕立て上げたのが俺だ」

「土方君」

「言い訳はしねえ。あいつの天賦(てんぷ)の才を、俺は暗殺剣に利用したんだ。総司が、俺の言うことなら従うのを良いことに。皮肉にも総司の才能は暗殺において開花した。だが、人を斬る度、あいつの中に黒い澱(おり)が溜まっていった。少しずつ、少しずつ。総司は時折、暴走するようになった。まるでもう一人の沖田総司が生まれたみたいに」

沖田総司は愚かだった。

呟(つぶや)いた彼を思い出す。唯々諾々(いいだくだく)と土方君の命じるまま、人を斬ったことを、悔いる心が彼にもあったのか。

「無理があったんだ、最初から。今の、はりぼての沖田総司は、剣に狂った側面を覆(おお)っているに過ぎない。真正の総司の大部分は、別にいるのさ」

水に眠る沖田君。

剣に狂わなければ、彼こそが私の元を訪れていたということか。いや、そもそも、既に転生していたとしてもおかしくはない。

「土方君。自分を責めるのは、止めなさい」

「……」

「君に非があると言うのなら、私にも、近藤さんにだって、非はある。黙認していたのだから。沖田君を追い詰めたのは、何も君一人じゃないんだよ」

くしゃり、と土方君が髪を掻き上げた。

「さんなんさんには敵わねえな」

重荷を負って、辛かっただろう。思えば土方君は、労苦を一人で抱え込むところがあった。悪役振って。沖田君のことも、そんな風にして一人で、抱え込んでいたのだ……。

最後のアップルパイ

今日は肉が安かったとかでビフテキと冬瓜（とうがん）のそぼろあんかけだ。ビールにも日本酒にも合うな。迷った。それで両方、飲むことにした。まず熱々のビフテキはビールで。冷めても美味しいあんかけは日本酒で。そぼろあんかけには妻の工夫（くふう）で紫蘇（しそ）の千切りと枝豆が散っている。これがまた、あんかけの風味と絶妙にマッチして、美味しい旬の味覚である。

ビフテキを食べるのに、ナイフとフォークの使い方がいまいち解っていなかった沖田君たちも、要領を覚えるとすぐ、肉汁（にくじゅう）の虜（とりこ）となったようだ。食べる、食べる。妻が大量に肉を買って、また、更（さら）に腹を膨（ふく）らますのにそぼろあんかけを作っておいて正解だっただろう。土方君と斎藤君の食べ方がそこそこ様になっているのは、多少なり、西洋文化に触れた経験からだろう。沖田君の切った肉は、何と言うか前衛芸術のようだった。まあ、食べられれば良いんだし。

そんなこんなで翌日、芽依子、再び襲来す。

「ヘッダーの反響が凄かったんだってば！」

まあそうだろうねえ。新撰組の三大スターだもんねえ。

「名前を教えて欲しいって言われて困っちゃったよ」

うん。

「おっきー、はじめちゃん、とっしーって答えといた」

答えたのか。

話を聴いていたおっきーとはじめちゃんととっしーは、複雑な表情をしている。そうだろう。もしさんなんさんがいたなら、さんちゃんとでも呼ばれていたのだろうか。

妻がにこやかに紅茶を淹れて、焼き立てアップルパイと一緒におやつの時間となる。生地から作ってるんだよね、このアップルパイ。そんでレーズンとかも入ってる。正直、妻って良妻だよね。私は外で働いているが、妻は専業主婦として十二分な働きをしてくれている。お給料、払わないといけないのではと思うくらいだ。時たま、買ってくるお洋服やアクセサリーにも目を瞑ろうというものだ。

沖田君たちは西洋菓子（しかも作り立てほやほや）の恩恵に与り、とっても幸せそうだ。その様子を芽依子がまた、撮影する。こらこら。

後に私は悔やむこととなる。

もっと芽依子と沖田君が会う機会を作ってやれば良かった。まあ、かなり勝手に襲来していたけど。芽依子が沖田君に会ったのは、このアップルパイの日が最後になった。

荒れ模様

だいぶ、梅雨が長引いている。

台風も何度か発生して、まあ夏の名物とは言え、被害は最小限に留めて欲しいものである。

閃く稲光は白い龍に似ている。

数秒後にどーんという音。妻は耳を塞いで縮こまっている。昔から雷が駄目なのだ。野仕合の数日後、偶然に会った時も雷雨だった。送りましょうかという私の申し出を申し訳なさそうに受けた顔を今でも憶えている。


……え？

何の話？

今、全く知らん情報が頭を通過したぞ。前世の記憶だろうか。誰だったんだろうなあ。近藤さんとかだったら笑うに笑えないぞ。せめても女性であって欲しいと願うのは男女差別に繋がるだろうか。

縁側では濡れる為、沖田君はソファーに座っている。その目は虚ろで、どこを見ているともしれない。――何だろう、この胸に湧く不安は。

それはまるで丁度今の空模様のように暗雲めいて、私を落ち着かなくさせた。

妻が硝子カップに出してくれたバニラアイスを、食べようとしていた時だった。

沖田君の様子が、おかしくなった。

格闘（かくとう）

目が赤い。

沖田君の双眸（そうぼう）が、ルビーのように赤く光っている。硝子カップが滑り落ちる音。

抜刀（ばっとう）の一撃（いちげき）を、辛（かろ）うじて私は避けた。

妻が遠く、安全圏（あんぜんけん）にいることを確認して、追撃（ついげき）を避ける。テーブルや壁に刀傷が入る。それを嘆（なげ）く余裕（よゆう）もない。私はアイスクリームを食べる為に出されていた匙（さじ）を沖田君の目元に投げつけた。すかさず足払（あしばら）いを掛（か）けると、沖田君の体勢が崩れた。


これが影の暴走か。


私は沖田君が体勢を崩した隙（すき）に、彼の脇差を抜き取っていた。

抜刀して、斬りかかる彼を迎え撃つ。間合いが短い私のほうが、明らかに不利だが今はこれしか抗（こう）する術がない。恐ろしい程の膂力（りょりょく）で沖田君が私の刃（やいば）を圧倒（あっとう）してくる。このままでは脇差ごと斬られる。

擦（す）り流すのもやっとだった。私は庭に続く硝子戸（ガラスど）を開け、外に出た。

沖田君が追ってくる。これで良い。妻に害が及ぶ危険性を少しでも減らしておきたい。二人共、すぐに濡れ鼠になった。雨が白刃を遮らない。剣戟の音が響く。相手が沖田君でなければ、もっと加減した戦い方が出来た。けれど。しかしそんな甘い理屈が通用するような局面でもなくなってきていると、私にも解った。斬る気で行かねば、こちらが斬られる。まだだ。まだ、死ねない。

まだ死ねないと、嘗ても思った。

紗々女が懐妊したと聴いて。土方君に詫びられて。

生きて行かねばと、そう思ったのだ。

今の私には妻がいる。私が死ねば妻はどうなる。

沖田君――――。

「オン・アロリキヤ・ソワカ」

清涼な声が、落雷や雨音にも負けず響いた。鷹雪君が縁側に立っている。肩で息をして。沖田君の動きが止まった。まるで見えない鎖に縛り上げられたように、もがいている。

「これを使え」

投げられた日本刀を、私は受け取る。そしてこれは、と目を瞠る。加州金沢住藤原清光。持って明らかにそうと解る。沖田君の愛刀だ――――。これが鷹雪君の言っていた神器か。

私はすらりと刃を抜いて、改めて沖田君に対峙した。だが、剣先がぶれる。沖田君を斬る、という行為にどうしても抵抗がある。

「影だ、そいつは。斬ってやれ。そうすれば沖田総司も解放される」

低く早口で鷹雪君が告げる。

――――私はそれでも自分に残る躊躇を振り切って、沖田君を袈裟懸けに斬った。

斜線（しゃせん）の軌跡が光る。沖田君から血は出ないが、打撃を受けたのは明白だった。

よろめいて、くずおれる。

沖田君の赤い目が、通常の色に戻った。

お元気で

沖田君は茫然とした表情だった。自分の両手を見て、それから私を見た。子供のように澄んだ、彼特有の瞳だ。

「ご亭主。僕は」

いつの間にか雨音が消えていた。雷の音も。

青と緑と白の混ざり合った例の空間。澄明(ちょうめい)さは変わることなく、本物の沖田君が眠る場所だ。

眠る彼を取り巻くように、沖田君と、土方君、斎藤君が立っていた。

沖田君は地に膝をつけたままだ。土方君と斎藤君の表情は静かだった。

私は、彼らがこの時の到来(とうらい)を予感していたのだと察した。沖田君の姿が、足先から金色の砂のようにこぼれ輪郭(りんかく)を失っていく。さらさらと。このままでは。このままでは沖田君が消えてしまう。

私は必死に彼にしがみついた。行かせるまいと。

沖田君は息を呑んだが、やがて宥めるように、私の背を撫でた。

「ありがとうございます。ご亭主。最後まで、ご迷惑をおかけしましたね」

「沖田君」

「奥方や芽依子さんにもよろしくお伝えください」

「嫌だ」

「……ご亭主」

「クリスマスも、正月も、一緒に過ごすと言ったじゃないか」

「申し訳ありません」

そう言う間にも沖田君は金の砂と化していく。抱き締める背中の感触が、儚くなった。

「嫌だ、私は嫌だ、君がいなくなるなんて」

「ご亭主。すぐに戻ってきますよ」

「嫌だ」

「お元気で」

ぱさり、と、全てが金色になった。沖田君は消えた。

消える寸前、見せた笑顔は、出逢った時と同じ天真爛漫、純真無垢なものだった。

土方君と斎藤君が、哀惜の色を宿した顔で、私と、金色の砂を見ている。

彼らは静かに空間から姿を消した。もう会うことはないのだろう。なぜかそう思えた。水の中の沖田君は、まだ眠っている。

瞼が、ぴくりと震えた。

雨滴（うてき）

気付けば私は庭にいた。濡れそぼっていた。

鷹雪君と妻が縁側に立ち、私を見ている。

「……本物の沖田君など知らない！　私にとっては彼こそが本物だった、本当の沖田総司だったんだ」

「逝ったようだな」

妻とお喋りして芽依子の玩具にされ、私と酒を酌み交わしてビールで白い髭（ひげ）を作る。

それが、私の中での正真正銘の沖田総司だった。

雨と涙が混じり合い、私の醜態（しゅうたい）を隠してくれる。鷹雪君は何も言わなかった。妻は駆け寄り、私にしがみついた。妻も泣いていた。沖田君ともう会えないことを悟ったのだろう。

「ありがとう」

妻の言葉の意味が、私には解らない。私もまた、妻に縋（すが）りついた。喪失（そうしつ）の悲しみを、分かち合った。

これでまた二人ぼっちになる。私の心は、沖田君を失った痛みも伴（ともな）い悄然（しょうぜん）とした。しばらくは酒も美味しく飲めないだろうと思った。
銀線を描く雨滴が痛かった。針のように。

始まり

それからの私は、余り書斎に籠ることがなくなった。書斎にいれば、自然と沖田君のことを思い出す。お元気で、と最後に言った彼の笑顔は晴れ晴れとして爽やかだった。悲壮感がないことが、尚更に私の胸に沁みた。もっとたくさん、話していれば良かった。卓球にだって行けば良かった。沖田君に圧勝されても、彼がいればそれで良かったんだ。

暗い気持ちを引き摺る私を、妻は黙って見守っていてくれた。いつものように美味しいおやつや食事を作ってくれた。いや、今まで以上に、頑張ってくれていた。私は、そんな妻の為にも浮上しなくてはと思った。季節は夏から秋に移り変わり、紅葉が美しい季節を迎えていた。沖田君とはもう会えない、と芽依子に告げると、芽依子はふうん、そっかあと言った。意外にも乾いた口調だった。そんな私の気持ちが表情に出たのだろう。芽依子は笑った。だっておっきー、いつかふらっといなくなりそうな気がしたもの。そう言った。

歴史とは何だろう。

残された文献で、一体どれだけの真実が解り得るだろう。沖田君たちは生きた歴史だった。彼らの存在そのものが、一つの時間軸だったのだ。私は歴史そのものと、向き合い、語らい、食事を共にした。久し振りに書斎に籠り、私はそんなことを日記に書きつけた。日記を開いたのは、沖田君が消えて以来だ。ダイエットの必要もなく、私の体重は自然と落ちた。久し振りにスイートポテトとココアを賞味しながら、私は思いの丈をつらつらと書きつけていた。

だから、土方君に気付くのが少し遅れた。

「よう」

「うわあああっ」

「人を幽霊でも見たかのように……」

「幽霊そのものじゃないか！」

文句を言いながら、私は喜んでいた。土方君にも、もう二度と会えないと思っていたのだ。

「もうすぐ、総司が戻るぞ」

「え？」

にやり、と土方君が、彼特有のニヒルな笑いをする。

「沖田君、また来るのかい？」

「あ――……。ちょっと違うな。戻るってえのは、つまり……。まあ、その内解るさ」

「けちんぼ！」

「けちんぼて……」

「今、教えてくれたって良いじゃないか」

「さぷらいず、とか言うんだろ？　驚かせて、喜ばせるのを」

いらん知識を身につけたな。そういうのは可愛い女子とかがするものじゃないのか。私は情報を出し惜しみする土方君にぷりぷり怒っていた。土方君が愉快そうに笑う。優男がこんな風に全開で笑うと、本当に楽しそうで見ているほうまで嬉しくなり、私は不機嫌を忘れた。土方君がこう言うからには、身近なところで私はまた、沖田君と逢えるのだ。今度こそ卓球で雪辱したりするんだ！

意気揚々とする私を見る土方君の目はまるで父親のようだった。


スーツだけでは寒い季節になってきた。私は家路を辿りながら石焼き芋を売る車の横を通り過ぎた。多少、後ろ髪を引かれながら。日が暮れるのも早くなり、暮色が空を染めている。民家の石塀に留まった烏が、があ、と鳴いた。あの烏だろうか。


「終わったな」

実にしみじみ、と言った調子で烏が喋ったので、私は少し驚いた。もっと性悪かと思っていた。

「終わって、始まる」

「始まる？　何が？」

「直に解る」

土方君も烏も、どうしてこう、人を焦らせるのか。

私はむっつりした顔で家に向かう。

朗報が待っていると知らず。


妻が妊娠したと、紅潮した頬で告げた時、私は言葉を失くした。それから、妻の身体を抱き上げてくるくる回った。土方君と烏の意味深な言葉の意味を察した。生まれてくる赤ん坊は、誰であるのか。

やがて生まれてくる子供が男子であると知った時、私と妻は一緒に名前を考えた。

蒼。


蒼にしよう、と二人で決めた。

だから子供の名前は沖田蒼になる。

私の姓は沖田と言う。沖田君、と呼ぶ度、実はちょっとややこしかったのは、ここだけの話だ。

歴史は巡る。人も巡る。

広大な世界の隅で、今日も誰かが笑い、泣いている。

妻が昔、誰であったのか、私にはおおよその察しがついたが、それは言わぬが花というものだろう。

〈完〉

あとがき

ある日、『私の妻と沖田君』というタイトルが降って来た。

奈良のとある旅館に泊まっていた時のことである。私には、時折こういうことがあった。面白そうなタイトルだなと思い、イメージを手繰り寄せてみた。

そこには縁側に座る「私」と沖田君、そして妻の光景があった。

今でも大人気の沖田総司を、私なりの観点で描いてみた。ノベルアップ+の第一回歴史・時代小説大賞受賞という名誉な賞をいただいたが、そこからが言わば書籍化に向けての長いスタートラインの始まりであった。慎重を重ねて推敲などしながら、沖田君という存在に思いを馳せたりもした。

君は何を思っていた？

新撰組が好きだったかい？

幸せだったかい？

私がそう問いかけるたびにやんわり微笑む沖田君がそこにはいた。

それは貴方の考える仕事ですよと、とん、と軽く突き放されたこともままあった。

天賦の剣才を持ちながら、夭折した彼はことさらに美化されがちであるが、私は彼も一人の血肉を持った人間であり、迷いも恐れもしただろうと思う。この作品には、そんな私なりの沖田総司像を描いた。

新撰組は非業の華であったかとも思う。

その中で沖田君は白刃を閃かせ生きた。私はそんな彼の頭にそっと手を添える思いだった。あとがきから読まれる方もおられるだろうから、話の詳細には触れない。死んでいる沖田君の生き様（妙な言い回しである）をじっくり鑑賞していただきたい。

この作品が本になるにあたり、刀剣画報編集部の皆さまと、編集長の笹岡さんには非常にお世話になった。また、イラストレーターのしきみさんには美麗な絵を描いていただいた。校正、印刷、装丁、本屋さんなど、多くの方々の手を経て『私の妻と、沖田君』が世に出ることを心から感謝申し上げたい。

沖田君は私一人では生まれなかった。皆さまのご助力あってのことである。こうした得難い経験をさせていただいたことは、今後の私の執筆活動にも大きな影響力をもたらすだろう。

最後になったが、高校時代の日本史の恩師である森田先生にも深く謝意申し上げる。先生がいてこそより日本史が好きになった。また、音叉、ラムさん、あゆみさん、黒猫ちゃん、空乃千尋さんなど、温かな交流の輪を持ち得て沖田君も生まれたのだと思う。

とりわけ長く私をサポートしてくれた千尋さんと、色々あったが見守ってくれた両親、そしてこの本を手にしてくださった貴方に、心よりありがとうと申し上げたい。

貴方たちに幸いがありますように。

ある二月の寒い日に　九藤朋

HJ NOVELS
HJN54-01

私の妻と、沖田君

2021年3月19日　初版発行

著者――九藤朋

発行者―松下大介

発行所―株式会社ホビージャパン
〒151-0053
東京都渋谷区代々木2-15-8
電話　03(6734)6340（編集）
　　　03(5304)9112（営業）

印刷所――大日本印刷株式会社

装丁――Gibbon／株式会社エストール

Printed in Japan

ISBN978-4-7986-2474-7　C0076

ファンレター、作品のご感想お待ちしております
〒151－0053　東京都渋谷区代々木2－15－8
(株)ホビージャパン 刀剣画報編集部 気付
九藤朋 先生／しきみ 先生